岁月的歌吟

韩湘生◎著

中国华侨出版社

·北京·

图书在版编目（CIP）数据

岁月的歌吟 / 韩湘生著. — 北京：中国华侨出版
社, 2023.9

ISBN 978-7-5113-9001-1

Ⅰ. ①岁… Ⅱ. ①韩… Ⅲ. ①散文集－中国－当代
Ⅳ. ①I267

中国国家版本馆 CIP 数据核字(2023)第 079403 号

岁月的歌吟

著　　者：韩湘生
责任编辑：刘晓燕
封面设计：青年作家网
经　　销：新华书店
开　　本：710mm×1000mm　1/16 开　印张：15.75　字数：210 千字
印　　刷：三河市双升印务有限公司
版　　次：2023 年 9 月第 1 版
印　　次：2023 年 9 月第 1 次印刷
书　　号：ISBN 978-7-5113-9001-1
定　　价：68.00 元

中国华侨出版社　北京市朝阳区西坝河东里 77 号楼底商 5 号　邮编：100028
发行部：（010）64443051　　传真：（010）64439708
网址：www.oveaschin.com　E-mail：oveaschin@sina.com

如果发现印装质量问题，影响阅读，请与印刷厂联系调换。

序

真诚的"岁月的歌者"

《岁月的歌吟》是作家韩湘生正式出版的第三部著作，选收了他近年创作的部分散文和诗歌，记事言志，咏物抒怀，题材广泛，内容丰富，既有对难忘的知青岁月的深情回望，又有对首都北京历史文化的倾情礼赞；既有对自然风物的热情歌吟，又有对友人赠书的友情拥抱。无论是散文还是诗歌，均情感真挚饱满，文笔流畅华美，内涵丰富，寄意深远，一如既往地展示了他"文以载道，诗以言志"的文学情怀和理想人格。

韩湘生是从黑土地走出的优秀知青作家。那片辽阔、深厚而又肥沃的黑土地，不仅锻炼了他的强健筋骨，而且塑造了他善良、坚韧的品质；不仅熔铸了他丰富的感情，而且扎下了他文学的根基。他是一位有着高度的责任感和使命感的作家，也是一位勤奋高产的作家，至今已创作、发表了一千多篇作品，并多次在全国性的征文大赛中斩获大奖，现虽已年届古稀，仍然笔耕不辍，就像他自己所说的"进入晚年的我，承载着对黑土地的热爱和眷恋，承载着历史的责任和使命，承载着上山下乡知识青年的嘱托和期待，也承载着文以载道的理想和信念"。正是因为他有热爱与理想、责任与相当，才"克服了许多鲜为人知的困难和帮助"，用心血铸就了一篇篇佳作美文，赢得了广大读者的喜爱和赞扬。

"文章合为时而著，歌诗合为事而作"（白居易《与元九书》）是中国文学的优良传统，也是历代作家诗人秉承的创作理念。韩湘生自觉继承了这一传统，并身体力行，付诸实践。因此，读他的诗文，我们能真切地感受到浓郁的生活气息，鲜明的时代特征，鲜活的人物形象，优美的情感画面，受到激励，得到启迪。

"忆往昔峥嵘岁月稠"。韩湘生从苍茫的岁月中走来，携带历史的风云，身披时代的霞光，虽历经磨难，而无怨无悔。在回首过往中找到前进的动力，在瞻望前景时回味往昔的温情。胸怀美好，饱含爱情，吟唱岁月，放歌时代，以一个"岁月的歌者"的形象，坚定行进在文学之路上，以真诚的歌吟，给读者带来不尽的美的享受。

傅美

《文化大视野》执行主编、诗人

2023 年 2 月 1 日

目　录

散文篇

辑一　尘封的记忆

辑二 京华的情愫

辑三　书中的风景

诗歌篇

辑一　岁月的礼赞

辑二　自然的歌吟

散文篇

辑一　尘封的记忆

尘封的记忆

　　这是几位当年的兵团战友在火车上向我讲述的一个真实的故事。今年的清明节过后，我在佳木斯办完事，从哈尔滨转车返回北京的途中，遇见了几位刚从黑龙江红色边疆农场扫墓归来的战友。虽然她们都已进入古稀之年，但她们的身体看起来都很健康，精神也都很充沛。在聊天过程中，当她们得知我也是那个年代曾在孙吴、辰清那里生活过多年的兵团战友时，她们都异常的兴奋。她们告诉我，今年是知识青年下乡50周年，这次回访黑龙江是去给她们的好姐妹张晓媛扫墓去了。时光荏苒，岁月如梭，这么多年过去了，这些战友仍然记着她们的好姐妹，我的心里热乎乎的，非常感动。

　　她们每个人的眼中都含着热泪，断断续续地向我讲述了张晓媛的故事。张晓媛是北京的知青，毕业于北京的第八十九中学，1969年从北京来到黑龙江畔下马场。张晓媛出生在一个干部家庭，从小受到良好的教育，为人正直又聪颖贤惠，十分内向，人长得也相当秀气。来到黑龙江兵团后，她努力学习，严格地要求自己，样样工作都抢到前面去干，从不叫苦喊累。而且她的内心极其善良，无论是和战友们还是和当地的老职工都能打成一片，一颗火红的心永远散发着热和光。

　　在火车上，一个姐妹讲到张晓媛就不禁潸然泪下。她满怀深情地为我讲述了她与张晓媛之间的故事："1972年，我母亲病重，需要住院手术。当时我父亲正在河南干校劳动，哥哥姐姐又分别在山西榆次和内蒙古阿荣旗插队。住在北京四合院里的那些邻居也都为我妈妈的病急得要命。而当时我的手里也只剩下几元钱，愁得要命，急得我一个劲地掉眼泪。张晓媛知道后马上走到我身边，亲切地安慰我，并立马从自己的箱子里拿出了60元钱，递到我手中，让我赶快电汇家中好给母亲治病，还对我说：'钱不够的话咱们再一起去想办法，可别太伤心难过啊！'当时我知道张晓媛马上就要探亲回家了，这是她一直省吃俭用攒下来的路费。我推辞了半天不收这钱，但张晓媛态度特别坚定而诚恳,让我一定收下,还催促我赶紧给家中电汇,别磨蹭。我当时感动得热泪盈眶,真不知向她说什么好。"

这个姐妹还告诉我:"张晓媛处处关心着战友们,脏活重活全去一个人抢在前头。深秋的北大荒,连队在紧张地维修各宿舍的土房子准备过冬。天气很冷,和泥的坑里全结了一层薄薄的小冰碴子,张晓媛那天还发着低烧,可她二话没说,脱下鞋子挽起裤腿,就跳到了刺骨的泥坑里,用二齿子均匀地钩着草和起了泥。我当时看到她冻得嘴唇发紫,额头上的冷汗也不时地渗出来,心疼地几次拉她上来歇一会儿,可她始终就是不肯。因为张晓媛深深地知道,此时有两个姐妹身体正在来例假,她必须挑起和泥这个担子来。她的一言一行,无不深深感动着我们这些姐妹,使我们战友之间的情谊越来越深厚。"

那是1974年的10月30日,黑龙江的初冬。小兴岭山脉的树叶子落尽了,只剩下一些光秃秃的树枝,往日喧闹的河水上面也结了一层薄冰,一切显得那么萧瑟。此时黑龙江的天色正处在白昼和夜晚的交界,黑白晦明。那天天气阴沉,满天都是厚厚的、低低的、灰蒙蒙的浊云,西北风也呜呜地怒吼着,在北大荒的旷野上肆虐地撒着欢。这时连长抬头望了望天空,紧张地说:"这天气可不太好呀,这种天气很可能要有暴雪,大地里掰的玉米棒子还有不少没拉回场院,如赶上这暴雪一下,再摊上大烟泡一刮,那地里的玉米棒子可就全毁了。"

此时灰蒙蒙的天上也已断断续续地飘起了细小的雪花,连长紧急命令赶快发动机车打夜班,通知张晓媛她们排去跟车,赶快到地里去抢收玉米棒子。张晓媛和同班组的姐妹们接到通知后都不敢怠慢,草草地往嘴里扒了几口饭,为了抵御风寒穿上厚厚的棉衣、棉裤和棉胶鞋,戴上了帽子与棉手套,又用一根麻绳捆在腰间,上车去地里装玉米棒子。

10月底的黑龙江已经很冷了,刺骨的寒风刮在脸上,就像锐利的小刀划过。那种钻心的疼痛真的是无法用语言来形容。虽然她们都穿了厚厚的棉袄,但每个姐妹的身上仍然感到冰凉。来到机车停放库,张晓媛和姐妹们很快地爬上了准备去下地拉玉米棒子的拖拉机的拖斗上，只有55马力的拖拉机后面挂了两个拖斗，为的是要多拉一些地里的玉米棒子。张晓媛和她的姐妹们站在紧挨着车头的第一个拖斗上，后面还挂着一个拖斗。因为那天司机葛师傅身体不舒服，所以就由他的徒弟小杨临时代葛师傅出车，驾驶拖拉机带着一队姐妹出发。

由于机车库停车的地方很窄小，小杨驾驶的55拖拉机在出机库转弯的时候，要绕过一个高压线杆。张晓媛在转弯的外手靠护栏站着，飘落在拖车里的雪花使护栏又湿又滑，当时车速稍快，而且转弯很急，她身子摇晃了一下没扶稳，瞬间就被甩下了拖车，被第一个拖斗的后轮从腹部碾压过去，紧接着又被第二个拖斗的前后轮从胸部碾压过去。当时车上的姐妹们都吓傻了，声嘶力竭地哭喊着让小杨停车。姐妹们惊慌失色，颤颤巍巍地爬下了拖车，只见张晓媛呼吸微弱，一张秀气稚嫩的脸已苍白如纸，睁着眼睛，嘴角一直在往外流血，鲜血顺着脖子染红了穿的棉衣，已凝住了。

司机小杨此时也被吓蒙了，直挺挺地站在那里，两条腿打着哆嗦。大家嘤嘤地抽泣，嘶哑着，喊叫着："晓媛你一定要挺住啊！我们立即送你去医院，你可不能这样就离开我们啊！我们几个姐妹可从来就没有分开过呀！"大家哭着呼喊着，姐妹们一个个泪流满面。大家把自己身上穿的棉大衣脱下，垫得厚厚的，平平地铺在拖车斗中，把奄奄一息的张晓媛抬上拖斗。只见她身上的鲜血仍滴滴地往下流，顿时变成了一块儿一块儿的酱紫色。

张晓媛由机车库其他师傅驾驶着55拖拉机车送往团部卫生院。由于张晓媛伤势过重，拖拉机还没有开出连队她就已经停止了呼吸，可她的手仍紧紧地抓着几个姐妹们的衣服，好像在向姐妹们述说："我们要一起回家，要回北京，我们姐妹要永远在一起，永不分离……"连队的领导也闻讯赶来，那天夜晚下马场人越聚越多，大家默默地围在拖拉机旁，一片悲切的哭泣声。天上的雪花此时越飘越大，北风也在悲悲戚戚地呜咽。张晓媛的哥哥和姐姐接到噩耗后来到了下马场，看到了自己从小就那么听话懂事的妹妹，就这样永远离开了人世，离开了自己的亲人。张晓媛的哥哥和姐姐抚摸着棺椁，他们感觉是那么憋屈和委屈，哭得涕泗滂沱，泣不成声，死去活来，几次昏死了过去。

几天以后，一副白茬棺椁被黑压压的人群抬着，簇拥着，朝着下马场的旷野墓地缓缓移动。哭声凄切，天地旋转，洁白晶莹的雪花飘飘洒洒，是为了张晓媛那年轻的生命凋零和那美丽绽放的花蕾凋落。一个纯洁善良的21岁姑娘的花季就这样永远留在了黑龙江垦区，长眠在现在的红色边疆农场一分厂九连，也永远留在了无垠的荒原和冰冷的寂寞之中，同那肥沃的黑土地融为了一体。伴随着张晓媛的只是那低鸣咆哮的黑龙江水和婆娑泪光中那片挺拔的白杨，摇曳地哗哗声响。

生命的逝去是如此的残酷。一个妙龄姑娘的逝去是多么地令人惋惜！白天还在一起说笑的好姐妹，一下子就和这些战友们天各一方，阴阳两隔。张晓媛的姐妹们流着泪告诉我，那天下葬时，黑龙江水翻滚着洁白的冰碴，不停地咆哮，天空飘起了片片雪花，整个天空一直阴沉沉的。很多人都在说她不该离去，老天都在为张晓媛流泪哭泣。北风夹杂着漫天飞舞的雪花，吹起的白杨树叶子哗啦啦作响，它们也在为这么好的姑娘送行，愿她一路走好。

张晓媛的离去使大家的心里在滴血。失去这样一个好战友、好姐妹，大家都痛苦万分。很多知青和当地老职工听到噩耗，都满含着悲伤的泪水赶往墓地，为这位好姑娘送行，为张晓媛的突然离去而感到惋惜和无比的痛心。

2014年的农历七月十五，秋风飒爽，漫山遍野披上了一层红色的纱衣。当年的好姐妹一行六人从北京来到了当年插队的原九连（现在是红色边疆农场北安管理局），一同为张晓媛把坟迁移到其他一个地方。因当时管理局建立了一个公共墓地，姐妹们看到张晓媛的木制墓碑已经腐烂，重新为张晓媛立了一块石墓碑，又把坟土填得很高，栽上了花草和小松树苗。时过境迁，她们从没有忘记长眠在黑土地的好姐妹，也没有忘记生活在垦区的亲人们。

今年是知识青年上山下乡50周年，这些战友一行20多人再次来到下马场黑龙江畔，一起祭奠战友张晓媛。同行的20多个战友给坟填土拔草，精心仔细地擦洗墓碑，又买来红色的油漆重新把张晓媛的名字描画得更清晰，把鲜花摆放在墓碑周围。那一株株的相思草、雪白鹅黄的菊花散发着淡淡的幽香，那是在祈祷张晓媛的灵魂在天堂含笑。她的这些战友在墓前泪流满面地诉说着衷肠，让长眠在黑土地的张晓媛不再孤单、不再寂寞。

列车的晃动打破了我的沉思，将我一次次从睡梦和浑噩中惊醒，我为这些姐妹的壮举深深感动。五十年过去了，当年的知青战友们无不魂牵梦绕那片黑土地，因为那里曾留下了他们青春的足迹，还有很多鲜活的生命长眠在那里。他们用自己飞扬的青春，满腔的热血，燃烧的激情，谱写了辉煌的乐章！

北疆牧羊姑娘黄欢喜

笑望夕阳，空旷苍凉的北大荒是我们青春火一样的眷恋。人生在世，有很多想不到的事情会在你的身边发生，也有很多想不到能遇见的人终会相逢。这是我的战友柴兴毅向我讲述的，他在黑龙江生产建设兵团一师独立二营三十四连的一个真实故事。我把它用笔记录下来，献给我所有的知青朋友。

柴兴毅战友告诉我，在他记忆最深处有一位女孩，叫黄欢喜。她是1969年从鹤岗市下乡到黑龙江生产建设兵团一师独立二营三十四连的知青。黄欢喜是一位性格十分开朗、豪放、豁达的女孩子。秀美的脸显示出她的俊俏。她那颀长健美的身材，优雅迷人的风度，还有那一头乌亮的秀发，有一种说不出的魅力。

黄欢喜在15岁那年，来到了独立二营三十四连，后被分配到了牧羊班。连队里当时有几百只进口的绵羊，全由她们七八个女孩子来牧养，就这样黄欢喜成了连队里的牧羊姑娘。圈内饲养、野外放牧、羊羔接生、羊群的保护等，任务都十分繁重，责任也很重大。

三十四连坐落于小兴安岭山脉最北部的密林之中，真是面朝荒野背朝天。但在连队南面的山坡下面有一片很宽阔的塔头湿地。春天，有各种叫不出名字的野花争奇斗艳。时而弥漫在空气中的浓浓的青草芳香，沁人心脾。北大荒那湛蓝如洗的天空上朵朵的白云自由飘荡，湿地中还有一条细细的小河，流水声音清脆无比，远远望去像一条闪光的银色项链，最后汇入黑龙江。洁白的羊群悠闲地吃着青草，像是散落在北大荒草原上的颗颗珍珠。牧羊姑娘黄欢喜看到这种景致兴奋不已，她挥动着手中的羊鞭，吆喝追赶着羊群，一路奔跑一路高歌。

草原上的景色虽然很美，让人留恋，但牧羊姑娘黄欢喜在这片草地上却遭受了很多让人难以忍受的痛苦和悲伤。她和这几位战友牧羊，每天日出而行，日落而归。清晨的草地上挂满了露水，这些露水湿透了她们的鞋和裤腿，一双脚整天被水浸泡着，每个姑娘两脚全泡白了。脚上化着脓，流着血，只能在脚上裹上一层层的橡皮膏。

夏天，草地上的蚊虫特别猖狂。空中成群结队的蚊子蠕动盘旋着，人走到哪儿蚊群就嗡嗡嗡地跟到哪儿，吓得这几个姑娘无处躲藏。夏天的羊也脱去了厚厚的羊毛，没了保护层，那蚊虫和大瞎蠓叮得羊儿蹦着高四处乱窜。于是黄欢喜她们几个姑娘拿着桦树枝子，驱赶着自己身上的蚊虫，还要为羊儿不停地轰着瞎蠓。有时在草原上还会碰到野黄蜂，那可真是让任何人都难以招架的事情啊！野黄蜂把人和羊儿蜇得伤痕累累，人还会出现中毒的现象，呕吐不止甚至发高烧。然而，这些艰难困苦，始终也没吓倒黄欢喜她们几个姑娘。

在长年累月的牧羊生涯中，黄欢喜和这几位姑娘几乎没有按时吃过一顿像样的饭，饿了就啃几口凉馒头和玉米饼子，渴了就用手捧几口塔头地里的水。那水又黄又腥，里面还游动着孑孓。

冬天寒风刺骨，北风呼啸，她们也得踏着厚厚的积雪，赶着羊群去寻找从雪中裸露出的一点荒草，到收割过的大豆地中，找一些能够供羊群吃的食物。黄欢喜她们每个人裤腿里面全灌进了冰雪。冰雪被她们的体温融化后，又会被外面的寒冷冻住。时间久了裤腿和一双鞋上就结成了一块厚厚的冰坨子，像一副沉重的脚镣牢牢地锁在了这几位姑娘的双脚上。但这一天还没有结束，大家只能坚持到把羊群收圈后，才能回到宿舍，坐在火炉子旁。大家把化完冰的水挤出来，再把棉裤和鞋烘烤干。每个人的手和脚都被冻得又红又肿，全都生了冻疮，又疼又痒，但黄欢喜和这几个姑娘从无一点怨言，更没叫一声苦，喊一声累。她们用百折不挠的顽强毅力一天又一天地坚持着。久而久之，湿寒侵入了黄欢喜的身体。每到阴天黄欢喜的骨关节都疼痛难忍，经检查她患了严重的风湿性关节炎，腿经常肿得很厉害。别说去追赶羊群了，连自己走路都很费劲了。但这些痛苦黄欢喜从不跟任何人讲，她默默地忍受着。特别疼痛的时候她就照着医学书，自己为自己扎针灸来减轻疼痛。在牧羊班工作中，黄欢喜一天假也没请过，因为她深爱着那片北大荒的草原，更爱自己养的羊群。她跟别人讲过，表示自己在任何情况下，也离不开这可爱的羊群。黄欢喜就是这样咬着牙，顽强地坚持着忍受着，一直精心地放牧着这群羊。

但有件事情使黄欢喜在精神上遭遇了巨大的痛苦和折磨，在黄欢喜的心灵上留下了深深的印记。那是1970年冬天的一个夜晚，大烟泡一个劲儿地呼呼刮着，腾起的雪雾如烟尘弥漫在整个小兴安岭北大荒的上空。旋转的雪花和风沙混在一起，斜打在地面，真是雪似剑，风如刀，袭击着冰封的黑土地。呼啸的北风刮开了羊圈的栅栏。几只狼乘机偷袭了羊群，当场咬死了十几只羊，另一些羊吓得躲在旮旯里，发出沉闷的叫声。被狼咬死的那几只羊的鲜血和冰雪冻在了一起，那个场面真是惨不忍睹。当黄欢喜和大家发现时，她心疼得抱着失去母羊的小羊羔，捂着脸，头靠在小羊羔身上，抽动着肩膀失声痛哭。那天她们几个姐妹谁都没有吃一点饭，喝一口水。可见她们和这些羊群的感情是如此的深厚。自从这件事情发生后，黄欢喜和她的姐妹主动要求轮换着在羊圈值班。她们消除了一切恐惧，背着枪白天放羊晚上值班，誓和野狼决一死战。

春节来临了，很多知青都批了探亲假，将回家与亲人们团聚，共度欢乐的新年。黄欢喜已有三年多没回家了，但她并没有去请假。她主动要求留在连队，看护和饲养她的那群羊。因为她知道有几只母羊要在春节的时候产羊羔。她要为母羊接生，并和这群羊一起度过快乐的新年，慢慢地去迎接春天的草原。

黄欢喜是一位可歌可泣的牧羊姑娘。她虽然是一个性格开朗、笑意总是写在脸上的人，但她也有自己的很多辛酸史。黄欢喜从小家境不是很好，父亲早早地离她们而去。她和母亲还有弟弟、妹妹四人相依为命。母亲身体又十分不好，她是三个孩子中的老大，无形中就必须帮助母亲承担起一部分生活上的负担。那时她家住在鹤岗市郊的一所平房中，面积很小。平日里她劈柴、担水、做饭，照看着弟弟和妹妹。放学后还得马上拎着篮子去捡煤渣，生怕去晚了被别人捡走。尽管这样，家里的生活也难以维持，弟弟和妹妹张着嘴每天要吃得要穿的，她的母亲流尽了辛酸的眼泪。为了这个家庭，母亲不得不选择改嫁。有了继父后，虽说家里有了些依靠，生活上得到了一些帮助，但是继父对他们十分不好，他们经常挨打受骂。她的母亲又不敢过多地庇护，使黄欢喜每天都提着心吊着胆，在惶恐不安中生活着。

那年社会上开始了轰轰烈烈的上山下乡运动，15岁的黄欢喜没有错过这个机会。她强烈要求报名到边疆去，偷偷背着家里把户口簿拿了出来，报名来到了兵团独立二营三十四连。她后来跟战友柴兴毅讲：那个春节她没有回家探亲，一方面是真的舍不得这一群羊，另一方面也是觉得回家也得不到一点家庭的温暖，还不如省下那些路费，给母亲、弟弟和妹妹寄过去，来补贴一下家里的生活。

宝剑锋从磨砺出，梅花香自苦寒来。在北大荒工作的几年中，黄欢喜吃苦耐劳，勤勤恳恳，克服了很多困难，战胜了身上的病痛。她数年如一日，事无巨细，乐此不疲，一颗心全部扑在了牧羊的事业上，受到了全营全连的一致嘉奖和好评。不论是去放羊还是去牧马，她为保卫边疆、建设边疆的事业，都做出了突出的贡献，让我们十分敬佩！

黄欢喜那种不断追求理想，勇于拼搏，甘于奉献的精神，将永远镌刻在一师独立二营的光辉史册上！

思念我的故乡北大荒

遥远美丽的边疆有我的第二故乡——孙吴县辰清镇。我经常在梦中思念故乡的山，故乡的水，故乡的花草树木，故乡的黑土地，故乡的春夏秋冬，更让我思念那些可敬、可亲、可爱、辛勤劳作的垦荒队员和我的战友们。

春天到了，我会想起北大荒春播时的情景。在如火如荼的春播前，连队要先组织召开春播战役动员誓师大会。首先要写好誓师大会的横批，然后用大头针别在一条大红布横幅上，再请连部工作的战友同事，把它挂在食堂打饭最显眼的正前方。同时还要配合春播工作搞一些宣传，例如写大字块、标语、出黑板报。在誓师大会上，首先由连长聂兆友和指导员冯天才做春播工作的报告和春播工作的思想动员，然后再由各个班排代表发言表决心，如何打好春播战役这一仗，等等。每年除了春播、麦收、秋收，连队都要走这种形式开这种动员大会，全连的各种宣传报道工作都要跟上，造成声势，鼓舞斗志，营里负责宣传的干事赶来拍一些照片向上去汇报。

记得那年春播开始，一台台拖拉机牵引着播种机在广袤的黑土地上不停地劳作，直到天黑看不见人影为止。北大荒春天的风刮得很大，刮得人睁不开眼睛，站在播种机上的加料人员非常地辛苦，他们时而加种子，时而加肥料，还要饱受着寒冷春风带来灰尘泥土的吹打。尽管他们戴着帽子和口罩全副武装，但等他们走下播种机时，整个是一个灰人，不经意会吓你一跳，你会不自觉地猜想是否遇见了鬼。那时候在北大荒，我们三月下旬播种小麦，四月下旬播种大豆，五月初又开始播种玉米，栽种一些瓜果菜苗。春季是北大荒播种希望的季节，虽然非常忙碌，但我们信心十足干劲冲天，因为北大荒的春天每一天都给我们带来新的希冀。

春播过后不久，夏天就来到了。北大荒的夏天是很美的季节，山绿了，大田绿了，一湾湾河泡子里的水也清了，蔬菜瓜果成熟了。这个时候紧张的夏锄也就开始了。夏锄可是农活中较重的活计了，因为那时候没有机械化，上千垧地全是由人工来铲。为了不误农时，我们每天早上三点多钟就下地了，晚上在地里铲到看不见才收工，工作时间长，劳动强度很大，最可怕的是那些蚊子、小咬、瞎蠓轮番向我们轰炸，咬得我们身上一个一个的红包，实在让人受不了，时间长了这些红包还会发炎化脓，疼痛难忍。

秋天是收获的季节，北大荒的秋天一片金黄，各种农作物都成熟了，成熟带给我们成功与满足，而秋天的凄凉又会带给很多战友忧伤与惆怅。看着那高高的天，淡淡的云，我就会非常思念我北京远方的亲人，亲人们那一张张熟悉而亲切的笑脸就会浮现在我眼前，使我泪流满面，心酸无比。北大荒的秋天农活很多，忙得让我们都没有喘息的机会。七月下旬麦收开始，那麦收一条龙的作业场面非常壮观，金黄色的麦海中，一台台康拜因昼夜不停地作业，连队的28车和铁牛55马不停蹄地来回奔赴于麦地，将康拜因收下来的麦子运回晒场，晒场上扬场的人员昼夜不停地工作。我们将上等的麦子作为种子包装入囤，余下的麦子都要整理干净，晾干后上交国库。此时可忙坏了食堂的炊事员，他们将可口的饭菜送往麦地送往晒场，有时我们还能吃到红烧肉和肉馅包子呢！

北大荒的麦收真像过年一样热闹，我们看到一车车，一包包的麦子运往国库，运往四面八方，心中充满了成功、满足、喜悦与兴奋。

九月末，开始收大豆，接着又要收玉米，晒场上的活计就更多了，收回来的粮食要扬场、装包、入囤、清理上交。

北大荒的冬天来得很早，大约十月份就降雪了。很多时候玉米还没收完就被雪盖在地里，这时我们农工就要遭罪了，我们要从雪地里扒玉米，手冻得又肿又红，但还要坚持着三班倒给玉米脱粒。经过这一段艰苦劳累的工作，全连人员就要为第二年的基建备石头和木材了，还要往地里送粪，兴修水利，挖排水沟。北大荒漫长的冬天留给我印象最深的就是雪，雪后几乎要刮三天的大烟泡。大烟泡真是来势汹汹，它将风雪狂傲地卷起数丈高，仿佛要把一切全淹没似的。它不停地怒吼着，把地上的积雪吹得有高有低，好像起伏的山脉。那一年我记得大雪在辰清整整下了三天三夜，足有80厘米厚。所有的交通工具都停了，营部组织连队的推土机上路推雪，路两旁堆成了雪山。北大荒人烟稀少，无工业污染。雪，白得是那样的晶莹剔透，在阳光的照射下，亮晶晶的晃得人都睁不开眼。黑土地上就像盖上了一层白色的棉被，一望无际煞是好看。这是一个洁白的世界，冰雪的世界，缤纷的世界，脚踩在雪地上，发出有节奏的咯吱咯吱的响声，好似在一个世外桃源，是那样的宁静，那样的清新，那样的令人回味。

我们连队建在小兴安岭山脉的北坡上，山里盛产各种野菜，木耳，榛子，蘑菇、猴头，还有各种珍贵的野生药材。我们经常利用下雨不出工的时间或是午休的时间上山去采各种山货。酸酸甜甜的嘟柿（也叫蓝梅），饱满香甜的榛子，野草莓、五味子、山葡萄、山核桃那真是应有尽有，也给我们的生活带来了无穷的乐趣。

北大荒的水资源十分丰富，我所在的辰清二连食用的水井就是一个泉眼砌成的井台，安上辘轳，那井里的水真是取之不尽、用之不竭，泉水清澈纯净，非常甘甜好喝。在连队的下面是一片湿地，水泡子一个接一个，那里面生长的小鱼小虾很多，用网捞回来炸着吃，味道鲜美。

说起北大荒的生活，我要感谢的人太多了。记得我刚下乡不久，在1969年的冬季，连队分配我们去伐木头，砍烧柴。由于山坡很陡，扛着木头走起路来很吃力，一不小心我的脚扭伤了，一瘸一拐地回到了连队，卫生员李松山看到我非常痛苦的样子，马上给我清洗冷敷上药，还让食堂给我做病号饭吃。经过一次次的上药治疗，我的脚伤好得很快。还记得在一次春天扑打山火的过程中，我一点经验也没有，害怕得要死，眼看熊熊大火向我扑来，卫生员李松山紧紧地拽着我，化险为夷把我带到了安全地带。我对这一切念念不忘，一直记着卫生员李松山，非常感激他（但很不幸的是，他患了严重的肝病，从北大荒返城以后不久就病逝了，这在我心里是一个永远解不开的心结）。还有很早从哈尔滨下乡的梁雪芹大姐，她为人十分正直、善良、勤劳、诚实、吃苦耐劳。在雪芹大姐身上，我学到了很多做人的道理，她就像大姐姐一样照顾着我，关怀着我，给了我很多支持帮助和鼓励。在我每次想家的时候和遇到不开心的事情时，我都要向梁雪芹大姐倾诉，大姐会耐心地开导我，让我鼓起精神，增添力量。我的被褥棉袄棉裤，每年都是雪芹大姐帮我缝补拆洗，一针一线都凝结着大姐的一片爱心。梁雪芹大姐现在生活在山东济宁，近古稀之年的大姐，现在仍在老年大学上课，学习摄影，学习古典文学，她在微信中对我讲："人要有一种精神，要充实自己，活到老学到老，要让自己的晚年度过得更潇洒从容。"她的话让我很感动！

在连队中还有做豆腐的老刘，他是复转军人，在我重病期间，他把我接到家中，精心地照顾我，护理我，无微不至地关怀着我，一勺菜、一口汤、一个鸡蛋，都让我那么记忆犹新，由衷感激。

十年的北大荒生活，使我从一个青葱的青年，成长为国家建设的有用人才。虽然我离开北大荒已经五十多年，但是我不曾忘记过北大荒，它多次在梦中把我牵绊。那些生活的点点滴滴，一山、一水、一草、一木、北大荒孙吴辰清的一切一切，都刻骨铭心地印在我的记忆中，融进了我的血液生命里。辰清的一切全在我心中激荡着我的情，荡漾着我无限的爱，北大荒那一颗颗硕果里都是一朵浪花，摇曳着我的情深，香飘着我永远的思念。愿我的第二故乡——孙吴辰清经济腾飞，愿我故乡的亲人们永远幸福安康！

写给天国的一封信

我的战友李京胜和他的爱人孙慧英，从 2003 年开始，一直无微不至地照顾着孙慧英哥哥的孩子孙小欣，因为她的哥哥和嫂子，都患有智力障碍，她的侄女孙小欣生下来也遗传了智力障碍，一家人生活得十分艰难。孙小欣这孩子在 2003 年肚子里长了两个大肿瘤，而且越长越大。虽然得到了治疗，但是住院手术后的恢复期没有人来照顾和看管这个孩子。孙小欣的父母根本没有能力来照顾她。在这种焦头烂额的情况下，战友李京胜和他的爱人，为了这个智力障碍的孩子，没有任何多余的考虑，直接把孙小欣接到了自己家里，从此之后的十六年再也没有分开过。

十六年后，孙小欣离开了这个世界。我的战友李京胜和他的爱人孙慧英为这个已经去了天堂的孩子写了一封信。我用第一人称把这封信记录下来。这是人间的真诚，这是人间的大爱，爱就是生命的火焰，没有它一切将会变成黑夜。

有一种疼痛，和肉体无关，却给人一种撕心裂肺的感觉。每一段回忆都像一张网，而始终无法逃离这张编织的网，注定要用悲伤去浇筑这份残缺的爱。看尽了人间花开花落，阅遍了书中的一切悲欢离合，是否能让我们不再痛彻心扉，不再满心凄凉？

孙小欣侄女，你知道吗？你的突然离去，使咱们这个家在这一瞬间完全破碎了，我们实在难以接受这残酷的现实。一个原本和谐美满的家庭因你的突然离去而支离破碎。这个家庭是因为有了你，才形成了这 16 年以来的自然平衡。如今你的离开令我们每个人都不知所措。

我的侄女，床头你最喜欢的那盆盛开的蝴蝶兰，也因你的离去而低垂。我们在痛彻心扉的同时甚至不知生活该如何继续下去。没有了你的存在，这个家庭永远是不完整的。孩子啊，也许你还能记得你奶奶临终前拉着你姑姑的手，满怀期望地道出了她最不放心的事，这个孙女将来可怎么办？由谁来照顾啊？强忍着悲痛，你的姑姑向将要咽气的老人做出了郑重的承诺。由于你的父母都是残疾人，自顾不暇，更没有能力照顾你的生活。因此在 2003 年你做完了一次大手术后，由你的姑姑把你直接从医院接到这个家中，从此你就融入了我们这个家。在你姑姑和全家人的精心呵护下，术后你的身体恢复得很快。相信你也感受到了我们这个家庭的温暖、幸福与和谐，从此你就再也不愿离开我们了。

虽说你是一个有智力障碍的孩子，但强烈的自尊心使你不忍看到我们白白地供养你，所以家里的各种家务似乎被你承包了。虽说你的接受能力比别人慢，也差很多，但在你不懈的努力下，很多家务都被你逐渐掌握并且越做越好。家里的事情基本不用我们去多操心了。后来你要求负担采购的任务，开始你确实不行，买回来的东西往往不尽如人意，在你姑姑的耐心教导下，你后来在这方面大有了进步。

记得有一天，你说要去买点菜。因为当时没有零钱，我给了你一张五十元的整票。在家里等了你半天也不见你回来，我只好去找你，只见你畏缩在那里，彷徨四顾，孤单地站在商店的门口，一问才知道钱被你弄丢了。你吓得不敢回家了。我一看你装钱的口袋，下边漏了个大洞。你看到我后委屈的眼泪夺眶而出，认为是自己闯了很大的祸，低着头沉默不语，准备去挨这次骂。我看到你可怜兮兮的无神的眼睛，我的心里难受至极，比针扎还疼。我还怎么忍心去责备一个不小心犯了错误的孩子呢？

孙小欣侄女，尽管你在生活上的需求永远表现得与世无争，但我们却从不因为你的智力障碍，而对你有一丝的不公平。在这个家中，无论我们要买多少小零食或礼物，从来都是一式两份，公平对待你和我们的孩子，没有一点差别。我们十分担心你会产生寄人篱下，仰人鼻息的想法。由于长时期以来我们一直这样平等对待这一切，所以你真正体会到了我们这个家的温暖，让你从内心真正融入了这个家庭，对你的姑姑和你的妹妹，你也开始用我们这个家来称呼。渐渐地，我们上班或出门在返回时心里都感到踏实了很多。因为我们知道，在家中永远有一位忠实的守护神在等待着我们回来。

　　为了表达对你的疼爱，我们几次外出旅游都带着你。每到这时候，你会兴奋得如同过年一样，早早地就把各种该带的物品都收拾好，静静地在一边等着我们一起出发。你姑姑在嘱咐你事情时，你眨着双眼，笑得是那么甜蜜可爱。

　　今年你的妹妹（我的孩子）单位组织了一次出国旅游，不能带家属去，回来时你妹妹给你买了好几件国外的新衣服，样子十分新颖漂亮。我们坐在客厅，你把各件衣服都穿上，在我们面前走了一遍又一遍。你每换一套衣服向我们走来时，都会得到我们的热烈掌声，真好像一场时装发布会一样。

　　生活中总会有一些磕磕绊绊，在我和你姑姑争得不可开交，谁也无法说服对方时，只要看到你静静地在一旁用哀求的眼神望着我们，我们的心里就很惭愧，马上一切事情都会迎刃而解了。所以说你在这个家里的地位真的是无可替代。

　　正当我们沉浸在这幸福生活的美好当中时，一场突如其来的灾难降临到你的身上。那天出事前半小时，你还去菜市场买回来粉条和调味品，我在准备炒菜时猛听到客厅扑通一声，就听到你姑姑大声喊着你的名字。我赶紧跑了过来，此时你已昏倒在地，没有了任何意识。当时我的心紧张得要命，颤颤巍巍地拨打着 120，并在接线员的指导下为你做心肺复苏的按压，直到救护车赶到。你被立即送到了天坛医院，诊断为脑出血，蛛网膜大面积出血。虽经医院大夫两天两夜的紧张抢救，但最终无回天之力。你就这样离开了人间，抛下我们走了。

　　孙小欣啊我的侄女儿，姑父愧对你，没能尽早发现你的病情。你才41岁就这么早早结束了年轻的生命。那天天气很冷，寒风起，落叶飞，北风乍起雪飞絮。漫天飞雪的残影里，这一世的芳华终是化为了思念。孩子啊，我们全家人为你祈福，天堂无争忧，陌路无眷恋。愿你安心，在天堂一路走好，被温柔以待。愿你在那里同样会遇到好人，也是能够关心照顾帮助你的。昨天晚上，你姑姑和你妹妹为你送了很多纸钱，还有寒衣，愿你含笑九泉！

　　孙小欣！孙小欣啊！我们的侄女，我们一直在含泪呼唤着你，你听到了吗？虽然我和你没有血缘关系，但你的乖巧和善解人意，让我们的心实在是难以割舍，你怎么忍心就这样抛弃了我们呢？你的妹妹接受不了你的突然离去，整天以泪洗面。你走后她好几天没吃一口东西，你姑姑准备收拾你衣柜里的东西时，你妹妹说什么都不让动，说你过几天就能回来还要穿。柜子里边有很多衣服都是新的，买回来后你只试了一下，在家中你永远只穿一两件换洗的旧衣服，只有在带你出去旅游或去公园玩时你才舍得换上新的，回来后你马上洗干净叠好，又收进了你的衣柜里。勤俭持家是你的最大美德。你妹妹一边收拾一边埋怨着，几乎每一件衣服她都能说出来历，这些也全是妹妹为你添置的，今天你的妹妹又怎么舍得把它丢弃呢？

记得五年前，你也闹过一场大病，因高血压导致了脑出血，用救护车把你送到天坛医院，在我的同学大力帮助下找了医院里最好的专家，用了半个多月才把你从死神手里抢救了回来。那些日子中，你姑姑一直守在你的病床前，忘记了吃饭，忘记了睡眠，只担心你的病情。这一次你的突然发病也许事先有预兆，但你为了不给我们全家添任何麻烦，故意不向我们说。我知道这是你一贯的性格，才导致了这场一发不可收的悲惨结局。在抢救期间，你姑姑和妹妹哭得死去活来，伤心至极。我们一直相信你顽强的生命力，一定能够闯过这道难关，两天两夜我们都始终等在抢救室外。当最后被告之你呼吸衰竭，血压已测不到时，我们全家的心已完全崩溃了。

12 月 7 日早 9 点 30 分，我们最心爱的大女孩走完了她全部的人生。我们浸满泪水的脸庞和纷飞的思绪都只能迷失在寂灭的空冥中。以前有些朋友知道家中情况曾经问过我们，如果将来我们都不在了，她怎么办？能依靠谁？老实说我也真不知道，只能是走一步说一步吧。但我能保证，只要我李京胜还有一口气，就不能让这个有智力障碍的孩子受一点委屈，一定让她活得有尊严，活得更幸福！

记得有一天，我们在家里说起这个话题时，孙小欣听到后很自信地告诉我们："我和妹妹一起过，她不会不要我的。"妹妹也表示了坚定同感："是的，我和你过。"

孙小欣啊，我的侄女！我们和你说的这些肺腑之言，你都听见了吗？我们相信你的英灵不远，一定会听到！亲人已乘黄鹤去，人去音存楼不空。但以笑颜慰慈恩，从来此忆最无穷。那些凡尘往事中的种种在我们眼前不停地重现，我们全家对你的怀念永远埋藏在我们的心底。安息吧孙小欣，我的好侄女！

小安徽

那是我从一师三团红色边疆农场，调到六师前哨农场的第二年。事情虽已过去了 45 年，但那些尘封记忆中的往事，始终在我脑海中闪现。

年关将至，回家探亲的战友已走了很多，剩下一些老职工和我们这些没回家的知青。我们在连队每天干一些杂活，倒也清闲。有一天我去井台挑水，一个陌生的面孔出现在我的眼前。他见到我后，马上把他用辘轳刚摇上来的一桶水直接倒进了我的水桶里。我很奇怪地抬头扫了他一眼，这是一个看上去只有十八九岁的小伙子，很是文静，嘴上长了一圈黄茸茸的软毛，皮肤很白，眼睛大大的却很无神，精神恍惚显得又相当憔悴。他把我挑的两个水桶灌满，又把自己的水桶盛满，嘴角露出一丝苦笑，羞涩地看了我一眼，就挑起水桶匆匆走了。

中午我去食堂买饭，又遇见了这个小伙子。他提着一个大桶，另一只手端着一个磕掉了很多瓷的绿盆，盆外面用红色的漆醒目地写着"学习班"三个大字。他很有秩序地排在最后面，不管前面有多少人加塞，不排队就买饭，他始终也没有任何怨言。这时我才弄明白，他原来是进入"学习班"去学习的所谓"坏人"。因为那时我们工程连很大，学习班就设在我们连里，和我们一起吃饭。我端着饭盒望望了望他，他好像也看见了我。我此时才发现他脸好像有些肿。我想追过去问问，但是他很快拎着盛的饭菜离去了。

如果我没有记错的话，在兵团的那个时候，大概每个团都几乎设立了"学习班"，或者也叫拘留所吧。连队的领导动不动就把一些打架斗殴、调皮捣蛋、偷鸡摸狗、对领导不满、不好管教的人送进"学习班"。在"学习班"里，这些人也经常因为一点小事遭到惩罚，稍微不守规矩就要在"学习班"的小号里待着。

几天以后，我们要到山里跟马爬犁去拉柴火。由于人手不够，学习班里就派了几个人和我们配合，一块上山去拉柴火。我们走时，负责管"学习班"

的头头很严肃地说："一定要严格监督他们，让他们好好干活，劳动改造，谁要是不听话，回来你们就告诉我们，我们好给他松松皮子。"我真没想到那个小伙子和我分到了一组。赶马爬犁的是我连的瓦工师傅老宋，人十分厚道善良。我到食堂买了馒头，就坐上马爬犁向着山里的方向出发了。

马拉着爬犁跑得很快，风呼呼地在我们身边刮着。寒风萧萧，大雪飘零，四处一片银白。冬天的小兴安岭山脉虽已萧疏却仍美丽，白雪一层层地压在枝头上。高大的杨树和松树直立挺拔。飞跑的马爬犁，不时会惊飞几只休憩在树枝上的小鸟，冬日的枯枝残叶更显极其沧桑。我冻得搓了搓手，揉了揉耳朵，把大衣盖在了我们俩的腿上。我问坐在我旁边的小伙子冷不冷，他说他是安徽人，这里比我们安徽那里要冷多了。他又告诉我，他叫王徽成，今年19岁，别人都管他叫"小安徽"。

进了树林子以后，我俩拿起斧子开始砍树条子。小安徽人非常能干，还一再叫我大哥，让我坐下歇着。只看他又砍又抱，干活极其细致麻利，没费很大的劲，马爬犁上的柴火就堆码得很高了。小安徽这时用手捧着雪，一把一把地往嘴里舔着吃，我从兜里掏出了几块北京大虾酥糖，递到他手里让他吃，小安徽受宠若惊，高兴得不得了。中午我们和赶爬犁的老宋在雪地里点了一堆火，烤着馒头。老宋带了几个咸鸭蛋和一大块煎马哈鱼让我们吃，我又全递到小安徽手中。我亲切地对小安徽说："你吃吧！使劲吃饱了！我知道你们平时都定量，有时还吃不饱，我今天从食堂特意多买了几个馒头。"小安徽很感激地说："两位大哥你们真好。"

后来我才慢慢知道了他的身世。他出生在安徽省界首的一个很穷很偏僻的小山村里，父母都过世了，他来到兵团是来投奔姐姐的。他的姐姐嫁给了我们团在农业连队开拖拉机的一个山东职工。小安徽找到他姐姐后，又托人被安排在一个很艰苦的农业连队中干活，都干了一年多了还没有给他转正。小安徽人很老实，也很能吃苦耐劳，长得也帅气，很招人喜欢。大豆收割完以后，他和副连长的爱人一起被分配在场院上干活，主要是去轰那些猪、鸡、鸭、鹅，不让这些动物来场院糟蹋粮食。副连长的爱人那年36岁，也是安徽人，对小安徽很好，有好吃的还经常从家里带来给他来吃，给小安徽补过衣服做过被子。因为都是老乡，小安徽总是亲切地叫她大姐。

　　在小安徽还在看场院的一个下午，还在深秋，天阴沉得很厉害，好像要崩塌一样。随着咔嚓一声震耳欲聋的惊雷过后，大雨哗哗地就倾泻下来。雨点噼里啪啦地打在地上，溅起一朵朵的水花。远处的灌木林也模糊得快看不清楚了。场院里也没有避雨的地方，副连长的爱人拉着小安徽，冒着大雨，磕磕绊绊地急忙往她家跑，他俩的衣服全都让雨水淋了个透湿。到她家后，副连长的爱人让小安徽赶紧把湿衣服脱下来烤一烤。小安徽执拗了半天后，才不情愿地把湿衣服脱下来。这时候正好被副连长撞见了，副连长满脸怒气，狠狠地踹了他爱人一脚。这时的小安徽真是无地自容，几乎是光着身子，很不好意思地冒着大雨跑了出去。

　　后来，那个副连长又去委托连队指导员找小安徽谈了几次话。指导员拍着桌子对他说："你还是一个没转正的孩子。其实在这之前，我们就听到过很多风言风语，说你和副连长的爱人关系很不正常，你必须老实交代，否则就给你判刑，遣送你回老家。"当时小安徽心里害怕极了，真是哑巴吃黄连，有嘴也难辩啊。他写了好几份检查，但都没有被通过，领导认为他一点也没写实质性的问题，想蒙混过关。小安徽心里万分难过，心里想，自己这怎么能对得起姐姐，对得起父老乡亲们啊！他经常从梦中哭醒几次，真是喊天天不应，叫地地不灵。他极度伤心地告诉我，那段日子他真的不想活了，几次想到去死。他说做个孤魂野鬼多好啊，从此不染红尘是非。他在连队里每天要去干很重很脏的活，领导还派了两个人，轮流看管着他。痛苦和侮辱的折磨使他吃不下饭，更睡不安宁，身体逐渐消瘦下来，在连队中还常遭到一些给副连长拍马屁人的打骂。但是小安徽很是执着坚强，他对我讲："就是打死，我也不承认自己是个流氓，因为我和副连长的爱人，确实什么也没做呀！"

　　最后连队拿他也没有什么办法，给他定了一个流氓罪，送到了团里现在的"学习班"。小安徽眼眶湿润地说："我还是不满 19 岁的孩子，我来投奔我的姐姐，就是想有一个出头之路，真没想到把一个流氓罪安在了我的身上。

我的姐姐那时候还怀着身孕，来'学习班'看过我几次，给我送来一些日用品。姐姐从连队到学习班来回要走二十几里路。姐姐搂着我浑身在颤抖，哭得死去活来。"我泪流满面地跟姐姐说："姐呀，你是看着我长大的。请你相信你弟弟，我不是流氓，我和副连长的爱人什么都没干过！我就是死了也不承认自己是个流氓，绝不给我们家乡的父老乡亲们丢脸。"姐姐痛苦地告诉小安徽，她去连队找过那个副连长。他很自私，也很变态，既封建又很好面子。副连长把他爱人暴打了一顿，她爱人被吓得疯了似的，满口胡说八道，把小安徽说得一塌糊涂，一无是处。

小安徽是个聪明又刚强的孩子。在那个特殊的年代，对于这些事情，他又怎么能说得清楚呢？他又怎么能证明自己的清白呢？他只是想千万别把他遣送回老家去。他也只能每天煎熬着度日，去听天由命。小安徽跟我说完这些已经泪流满面，哭得伤心到了极点。我也为他难过，气愤副连长的一些所作所为，对小安徽的处境报以同情。我告诉小安徽："以后不要让你姐姐来给你送东西了，更不要让她惦记着你，还会使她如此更加伤心难过，你姐姐怀着身孕，路途又那么难走。而我就在你身边，不管任何人去说我什么，我都会帮助你的。"

我和小安徽在山里砍柴火的那一天，我可以看出小安徽的心情格外的好，和我风趣地又说又笑。这时我又追问他那天在井台打水后，第二天脸为什么肿了？他低着头哽咽着说："被他们打的。"我愤然不平。小安徽对我说："我多么希望天天和你们一块来砍柴火啊！这真是我最幸福的时刻了。"

在后来的日子里，我发现他里面的衣服穿得很少，我就送给他了一件很漂亮的蓝毛衣，还经常给他买一些日用品送给他，对管"学习班"的班长说："小安徽这个孩子很不容易，有点小脾气，以后不要打他了。"我还把家中邮给我的一些糖果、牛肉干，送去给小安徽吃，使他在身心中得到了很大安慰。我们连队有些人总是奉劝我不要去招惹小安徽，还听到有一些流言蜚语在议论我，问我为什么那么同情一个安徽的小流氓，问我知不知道他让人家农业连的一个副连长戴上绿帽子，而且这位副连长还是从部队转业来的。那时的我也不想多去解释什么。我想我们都是青年人，都生活在这个社会中，即使他身上有缺点和错误，难道就要一定把他置于死地吗？我也对小安徽讲过许多，人的这一生很不容易，有错误承认改正了，前面的道路依然是很光明的，我也相信小安徽的问题一定会得到解决的。

开春以后，我被安排去了抚远浓江的采石排帮助盖房子。几个月回到工程连，我就再也没有看到过小安徽来井台打过水，也没见他去食堂打过饭。从那以后，小安徽突然间从我眼前消失了，我也再没有寻见过他的身影。我曾四处打听过小安徽的下落，都说他拎着行李，在一个月前，被团里坐吉普车的人带走了。最后我听团保卫股的人告诉我："王徽成，也就是那个小安徽呀，犯有流氓罪，态度一直十分不好，还拒不交代自己的问题。人家副连长的爱人全都承认了，而他自己还总为自己狡辩，没办法，被遣送回老家了。"在那些天里我心里相当难受，时时想起他，心里也总搁不下他。我忘不了他那双忧郁的眼睛，也忘不了我们共同在山里砍柴火时，小安徽兴高采烈的样子。他勤奋能干，常常满脸的汗水。我更忘不了小安徽曾含着泪水对我说过："我就怕被遣送回老家，在这里让我干什么都行！我要有出头之路，为姐姐争气，为父老乡亲争光……"

时光荏苒。弹指一挥间，那些记忆中的人和事，那些时刻和地方，都已成为过往。它们是我一路走来留下的最深最深的痕迹，最美好的岁月其实是最痛苦的，只是今天再回忆起来，才令我感慨万千。

生命中那株绽放的莲花

前不久的一天，北京刚下过了一场雨，那湛蓝的晴空仿佛就像用水洗刷过一样，深邃而透明。我出门去办事，刚走到一条小马路的对面，忽听有人喊我的名字："韩湘生，小韩。"那声音沙哑、断续而又生硬，迫使我回头张望，四面寻视。这一幕让我顿时惊耳骇目，不由得愣了片刻，我茫然失措得脸都变灰了。怎么会是她呀？我当时真不敢相信我的眼睛。她叫晓莲，只见她手里拎着两个破塑料袋子，袋子里装着一些喝剩下的、各种空的饮料瓶子和一些破烂的纸盒子。她冲我傻笑着，在对面马路上站了片刻，向我挥了一下手臂，又朝我喊："嗨！嗨！"然后目光呆呆直直的，继续向前面那个垃圾桶走去。晓莲身上穿的衣服很不整齐，骨瘦如柴，背驼得很厉害，一双枯瘦的手几乎变了形，她的双腿也已行走得那样缓慢踉跄。望着晓莲远去的背影，我的心里一阵阵发酸，有一种说不出的难受。当时的我好像整个心都被吊了起来似的，是那样的锥心泣血，痛心疾首。

我对眼前的晓莲还是十分熟悉的。她是我多年的邻居，从黑龙江兵团回北京以后我才搬了家。晓莲长得十分漂亮，苗条的身材，白皙的鸭蛋脸，有着脉脉含情的水灵灵的双眸。她的妈妈给她起的名字晓莲，就是愿她像莲花那样亭亭玉立，有着充满生机的翠绿，永远都是那么高雅清秀。晓莲从小就热爱学习，各门功课都非常优秀，又特别的懂事听话，家务活她基本上都会干。我记得她还教过我怎样蒸窝头，怎么擀面条呢！有时还喊着我到合作社，跟着她一起去买一些便宜的蔬菜，我们两家的关系相处得也非常融洽。

转眼间到了1969年，那是知识青年上山下乡的年代。晓莲的上面有一个哥哥，身体十分虚弱，一到冬天哮喘病就发作，憋得喘气都很困难，上气不接下气，总得往医院跑。晓莲毫不犹豫，拿着户口本就主动去报了名，替哥哥下乡去了黑龙江兵团，分在了二龙山一师六团。我也是那年去的黑龙江兵团，被分配到了一师三团。我和晓莲虽然不在一起，但后来断断续续地听到她不少的战友向我讲述过她的很多情况。我从前不懂，为什么我回北京探亲时见过晓莲的那两次，她都是脸色苍白，两眼发直，不爱说话，精神也十分恍惚，还总是一个人自言自语地叨唠着什么。后来我才弄明白，在晓莲身上曾经发生过的那些悲惨的事情。

晓莲所在的黑龙江兵团一师六团的那个连队是工程连，条件很是艰苦，工作也相当的劳累。为了多盖营房，她们每天都是天不亮就得起床，挖地基、筛沙子和水泥灰、抬石头、搬砖……每天都要干到天黑。一天工作下来，别说一个女同志，不少男同志都累得吃不消了，而晓莲却从没抱怨过，更没叫苦喊累过。哪里没砖了，没水泥灰了，晓莲总是一个人去帮助战友们完成。她能抱十几块砖上去很高的跳板，一趟接一趟地干活，却从不说辛苦。回到宿舍后，别人累地趴在床上，浑身酸懒得一点也不想动弹，而晓莲立马又操起水桶去井台挑水，让大家洗身子洗衣服。第二年她就加入了共青团组织。介绍晓莲入团的是一个叫兴民的哈尔滨青年，他人品很好，在连队又乐于助人，长得很憨厚，眉眼里还带着一丝帅气，笑起来的时候脸上那对酒窝显得很是可爱，让人感觉很亲近。兴民经常去找晓莲谈心谈工作，还经常告诉晓莲去靠近党的组织，一起去建设伟大的边疆事业！晓莲每次听着他说的这些话时，都感到心里甜甜的，脸上溢着满足的愉悦，微笑着向兴民点头。

在兵团的生活枯燥，劳动艰苦。在那个年代，感情上的相互依托就成了他们精神上最珍贵的安慰。在那漫山遍野芬芳的野花旁，在二龙山清清的讷漠尔河边，那每一寸黑土，每一棵白桦，每一朵鲜花，每一片绿叶，都见证了晓莲和兴民在那里萌发的最初、最纯洁的恋情。每一处景色都闪烁着他们明丽的目光，折射着他俩温柔的笑容。那个时候谈恋爱是不能公开的，兴民是团支部书记，也只能用给团员开会或谈心谈工作的机会来和晓莲见个面。晓莲也悄悄地为兴民洗衣服、拆洗被褥，从忙碌之中享受着那爱情美美的甘醇。一对恋人在连队工作上都表现十分出众。连长是一个转业官兵，心肠热情，人也很好。对于晓莲和兴民谈恋爱，连长也是睁一只眼闭一只眼，否则他俩早就被追究或是遭受批判了。那时连长出于好意，为了避开一些人的闲言碎语，决定安排兴民去远离连队的采石场去开采石头，这一下子虽然离晓莲稍微远了一些，但是他俩鸿雁传书信件不断，那短短的距离更隔不住一对恋人相互纯真的无尽思念。纯洁的爱情在他俩心中悄悄地、深深地扎下了根，好像阳光被点燃一般，一对恋人的爱情之火也在发出璀璨的光芒，红彤彤地映在晓莲和兴民暖暖的心间。

那年冬天有零下三四十度，在外面干活久了，眉毛上都会挂上一层白霜。为了多采一些石料来为会战春季的营建任务做好充分的准备，兴民带领着十几个战友，没黑没白地干着。他们与天斗，与寒冬斗，尽管那时的天气天寒地冻，兴民和这些战友却也常常干得个个都汗流浃背。因为连长早已答应兴民他们几个，只要采够规定的立方数的石料，就可以回连队。所以为了这个目标，兴民带着战友们信心十足，干劲冲天。他只要想到很快就能见到心爱的恋人晓莲了，又能和晓莲共同畅游在爱情的海洋之中了，心里顿时就像灌满了蜜一样，眉角含笑，像有一股甜滋滋、清凉凉的风，掠过他的心头使他欣喜若狂。眼见着每天都有一方方的石料，堆积起来越垒越高，兴民和这些战友的心里是那个美啊！欢呼着，高歌着，手舞足蹈着，一个劲儿地跳跃。

这天，天很阴沉，兴民和战友们一上午打好了14组炮眼。下午去点炮时发现有一组没响。过了片刻，兴民挺身而出，对战友们说：“你们都离远一点，我自己上去看看，把哑炮排掉。”说着兴民一个人爬上了石头山坡。他的心情此时也极为紧张，头发也竖了起来，好像那整座石头山压住了他的一切，脑中出现了一片空白。但就在此时他心里想到了心爱的恋人晓莲，仿佛也看到了晓莲那美丽的靓影，如幽谷中的雪白兰花那样纯洁冰倩，像夏日池中盛开的荷花那般亭亭玉立，皎花照水，这给兴民的心里增添了无穷的勇气和力量。他知道排除哑炮唯一的办法就是把连着导火索、雷管的那节炸药取出来，重新再安装新雷管。他刚找到连接雷管的那一段黄色炸药，谁知此时导火索又滋滋地冒起了烟，着了起来。兴民发现后立即往山下跑，哑炮在这一瞬间炸响，崩起来的一块石头砸中了兴民的后脑勺。很多碎石也被崩得乱七八糟的，龇牙咧嘴，奇形怪状很是恐怖。只见兴民头上的血水冒个不停，瞬时间他的脸就变得十分苍白，两只眼睁得大大的，凝视着连队的那个方向，好像在等待什么。我想他肯定想要再见一眼他最心爱的恋人，晓莲姑娘。兴民当即就这样无声地倒了下去。鲜血从他嘴里如泉一样喷出，血顺着脖子凝在身上，染红了他身上穿的那件在他临去采石场时晓莲为他拆洗的黄棉袄。鲜血一滴滴地流在那一块块的碎石头上，随后又变成了紫色的血团和血沫，仿佛天地都在跟着旋转似的。战友们呼喊着，哭叫着，立即抬着兴民，拦下了一辆卡车，把他送往了团部医院，但是由于流血过多，伤势过重，这位年仅19岁的哈尔滨知青，就这样带着无尽的忧伤与思念永远地离开了战友，离开了他深心爱着的恋人晓莲。

噩耗传来，巨大的悲痛笼罩着整个二龙山黑土地那茫茫的一片荒原。晓莲知悉后发疯似的狂奔到了团卫生队，她抱着兴民的尸体死去活来地失声痛哭，泣不成声。只见晓莲一边用泪水擦着兴民脸上的那些血滴，一边喃喃地向兴民述说："兴民啊，我的兴民啊，你就这样扔下我走了吗？我带着我全部的心与全部的爱，好想今天能对你说一句'我爱你'啊。我的兴民，但请你原谅我，在那个时候，我真的无法去向你表白，我不敢去说出口啊！因为我胆小，我好怕啊！我是真心地喜欢你呀！直到今天，我才能投进你的怀抱中。兴民啊，你知道吗？我想你时是那么幸福，幸福地让我忘乎所以，我天天都在编织着那些以后和将来，我们美丽的梦。兴民啊，我们在陌生时相逢，为什么却要我们在相爱时阴阳两地，天各一方呵，这是为什么啊！是天地不容我们俩吗？还是容不下我们俩啊？老天爷呀，我求求你了，我给你磕头了，请给我一个回答吧？兴民呀，我遇见你是个缘，喜欢你更是一种感觉，在爱情的长河里，自从我爱上你的那一刻开始，我的生命中就多了一种等待，多了一种期盼，没想到我日夜所盼的期待，已化作了泡影飞逝得无影无踪，竟化作了我们阴阳两地，天各一方啊！兴民你放心，你等着，我去找你，我一定要去找你，我要和你在一起，在一起！……"晓莲那悲凄的哭声，字字血，声声泪，感天动地，让人心痛欲碎。

那天的天空中阴云低垂，天上又纷纷扬扬地飘起了细碎的雪花，落到大地上，也落在晓莲的心上，几分悲伤又有几分凄凉。在那黑土地的茫茫荒原上，在清清的讷漠尔河旁，从此又多了一座新坟，一个鲜活的 19 岁男孩的生命，顷刻之间就与我们阴阳两隔。他孤独地安睡在冰冷的二龙山之间，伴随着他的只有凋零的干枝野草和那寂寞的一片片落叶的白桦树，以及黑土地上刮起的生涩的北风，带挟着无尽的哀婉，摩挲着晓莲那泪花满面的脸颊。

失去了恋人的晓莲几乎每天都在哭泣。她以泪洗面，不吃不喝，两眼发直只呆呆地望着二龙山那一片荒原的方向。自从恋人兴民逝去了以后，晓莲就一直紧紧地抱着那件带血的棉袄，贴在脸上亲吻着，亲吻着，从不离开。那件带血的棉袄一次又一次地被晓莲那滴滴晶莹的泪花打湿又变干，因为这是晓莲带着她所有的情、所有的爱，一针一线用心去缝起来的。因为它是思念在空中梳理的羽翼，浪漫的牵挂也已随着无情的飞雪缱绻飘去，飘向天堂的那边……

兴民逝去的第三个夜晚，北风一个劲地呼啸着。飞雪漫天，蜿蜒的讷漠尔河也好像被严寒锁住了它的婉转似的，躲在厚厚的冰层里瑟瑟抖动。四处寒冷阴森可怖，悲戚仿佛偎依在整个黑土地茫茫的北大荒。不知为什么，附近的狗也不停地狂吠着，吵得人心烦意乱。晓莲抱着兴民留下的那件带血的黄棉袄，带着对恋人无尽的殷切思念，带着悲凄的泪水，带着满肚子想要对兴民述说的所有心里话，纵身跳下了连队那口深深的井里。苍天哭泣，大地悲哀，她要和恋人兴民在那里拥抱相聚，永远停泊在天堂那边的宁静港湾。

幸运之神托起了晓莲的生命，这时候有一个马号值班的老职工正好来井台打水，突然发现有人跳了井，立即叫来了连队的很多战友，一起把晓莲搭救了上来。只见晓莲双眼紧闭，嘴唇发紫，浑身在颤抖，湿漉漉的身子直挺挺的。但她的怀中仍紧紧地、紧紧地抱着那件带血的棉袄。她抱得是那么牢，又是那样紧，谁也无法从她手中拿开。经卫生队的紧急抢救，晓莲虽然保住了她年轻的生命，但从此以后她更加孤僻，终日茶饭不思，整日寡言少语，以泪洗面。她每天都把那件带血的棉袄紧紧地抱在怀里，喊着："兴民，兴民，这是我的兴民。"也常常一个人坐在那里，自言自语着发笑，说的话让人难懂又心疼："我去找你了兴民，你知道吗？他们不让我过去啊！你冷了吧，快盖上棉袄，别冻着，赶快盖上棉袄。"

两年前那个爱说爱笑，活泼欢快，亭亭玉立的美丽姑娘，一下子竟变成了这样一个人不像人鬼不像鬼的蓬头垢面的模样。任何人看到晓莲当时的这种情景后都会心酸，难过得潸然泪下。连队后来又送晓莲到师医院治疗了一段时间，待病情稍好转了一些后，通知了她的家人。

晓莲的哥哥含着泪水，带着深深的悲伤和莫大的遗憾，从二龙山的一师六团，把晓莲接回到了北京的家里。

回北京以后，晓莲的病情也时好时坏。但她的心底里还是十分的善良，对任何人都那么有礼貌。她整天坐在家里望着窗外，流着泪水默默无语。后来晓莲被街道分配到了集体的一个小厂子，干一些粗糙的手工活，再后来厂子倒闭解散了，她的生活更陷入了困境。四十九年的风雨沧桑，晓莲从没忘记过她的恋人兴民。据她的很多同事讲，晓莲抱着那件带有血迹的黄棉袄，一直独自守候了四十九年。四十九年啊，多少个煎熬遥遥无期的春夏秋冬啊！晓莲的执着坚强，对美好爱情的追求，令所有人感动落泪。她就像荷花那样清香淡雅，圣洁美丽而洁白无瑕，释放这一脉幽香，是那样的亭亭玉立。她是青荷盖绿水，芙蓉披红鲜，下有并根藕，上有并头莲，也许这是对晓莲和兴民最美好的爱情的称赞与象征了吧！

历史的脚步匆匆，苍天也落雨成泪，是为那些曾经绽放过的美丽花蕾。顾不得擦一把生离死别的泪水，也顾不得发出壮怀激烈的感叹。那些永远长眠在黑土地、黄土地、红土地上的知青战友，我们亲爱的兄弟姐妹，你们的家人，你们的恋人，你们一切的亲人们，终将永远忍受着冗长的悲伤与难过得忧郁，默默流淌着心里悲伤的泪水。还有很多很多像晓莲一样的人，他们经历了太多的曲折，跨过了太多的沟坎，饱尝了人间太多的悲泣与苦难，这是一部无言的历史。如今的他们仍是那样艰难，艰难地行走在这条漫漫的、曲折的人生路上！

眼中的吴幽琴大姐

我下乡在黑龙江红色边疆农场时就认识了当地知青徐梦澜。返城回京以后，我们还一直经常联系，友谊很深厚。徐梦澜知道我一直在续写那个年代知青的故事时，几次和我述说，希望我能把吴幽琴大姐的故事写出来。这也是多少年留存在徐梦澜心底那些难以忘怀的故事。

1996 年 10 月底，徐梦澜的爱人患了危重的出血热病。出血热是一种由老鼠传染的疾病，普遍流行于东北地区。黑线姬鼠、褐家鼠是传染出血热的根源，出血热也叫"孙吴热"，当时这种病除了依靠病人自身的免疫功能之外，尚无治疗此病的特效药品，得了这种病可以说是九死一生。徐梦澜的爱人被送到红色边疆农场医院住院。因病情发展得特别快，她的爱人每天高烧不退，体温都在 39 度到 40 度之间，还出现了全身中毒的现象。当时徐梦澜的爱人，毛细血管和肾脏损害很厉害，皮肤和腋下出现了很多针尖样的出血点。医生告诉她："你爱人的病情发展得太快了，必须请黑河的专家来一趟。"听后，徐梦澜当时心里就像热锅上的蚂蚁一样，六神无主，头脑一片空白，就知道一个劲地哭个不停。院长告诉她说："现在只有一个办法。那就是赶快去黑河医院把专家请过来。"（他们对治疗出血热有一定经验）但需要的费用比较高，徐梦澜当时头昏昏沉沉的，没有了一点主意只能听院长的安排。

这时，一直陪在徐梦澜身边的吴幽琴大姐问她："梦澜你现在有多少钱？"徐梦澜回答说："我的钱都带着呢，出来时单位的同事和邻居一块儿给我凑了300 多块。"徐梦澜那时家里的生活也比较困难，加上她的父母总有病，真的没有什么钱。吴幽琴听完后说："梦澜现在什么都别考虑了，救人是要紧的，你先在这等我会儿，我去去就来。"说完吴幽琴大姐就急急忙忙地跑回了家，把她侄子准备来年结婚所攒的 1000 元全拿了来，马上递到徐梦澜的手中。那时的 1000 元要攒起来真的是相当不容易。此时徐梦澜的眼眶感到一丝灼热，嗓子哽咽着，半晌说不出一句话来。

　　她们顺利请到了黑河地区主攻出血热的专家。专家看后病人说："你们这里条件设备都比较简陋，不要再耽搁了，赶快让医院的急救车把病人送到黑河医院去抢救。"徐梦澜的爱人在黑河医院整整抢救了七天，那七天七夜一个生离死别的地方，连空气中都可以见到悲伤在流泪。徐梦澜的爱人经过了黄泉路西朦胧之地，最后是黑河医院的专家从死亡的边缘上把她爱人拉了回来。徐梦澜满含着泪水拉着吴幽琴大姐的手说："吴姐，你是我爱人的救命恩人。我这一辈子也不会忘记您的。"时间如流水一般匆匆而逝，但每次想起吴大姐把侄子结婚的钱全无私地拿出来，抢救她爱人性命这一事，徐梦澜都非常感动不已。人之所以会感动，是因为生活在爱之中，徐梦澜现在更深深体会到了这句话的真正含义。事后徐梦澜问吴幽琴："我说吴姐，你当时有没有想到过，如果我爱人的病抢救不过来，这钱我可怎么还啊？"吴姐笑着对她说："人命关天，我从没去考虑那么多。"

　　吴幽琴平时对待工作非常认真负责。她在农场医院是一名药剂师，抓药配药是她的职责。她在为病人抓药、配药时从来都是一丝不苟，仔细认真地去做，几年的工作中她从没有出过一点差错。上了岁数的一些老年人来抓药，取药时，吴幽琴总是不厌其烦地一遍又一遍地告诉他们怎么去煎，怎么去服用。遇到一些老年人耳朵背的时候。告诉他们几遍他们也听不明白。但是吴幽琴一点一点地向老人去解释，老人听明白后，她还用纸工工整整地给老人写出来，让他回家后再找儿女们看一遍。一般科室内必须整洁干净，尤其是中药房更不能有一点的灰尘。吴幽琴每天要比别人早早地来到单位，把自己的科室打扫得窗明几净。医院刚刚搬来时，房子是木质的窗户，隔一两年就要刷一次油漆。吴幽琴总是去抢着干，弄得浑身上下全都是油漆，但是她从没有任何怨言。那时她也不年轻了，但是她从不服输。工作中总是任劳任怨。从不计较个人得失，而且单位里有什么活动她都积极参加。她也是一个文艺爱好者，有一年北安管理局举办了一次卫生界的交谊舞大赛，医院选派了两队人去参加，其中就有吴幽琴。她是他们四个人当中岁数最大的一个，但是她做什么都有一股不服输的劲头。她每天刻苦训练，脚磨肿了，一天下来浑身都疼，但吴幽琴克服了困难，愣是咬牙坚持了下来。最终她们代表红色边疆农场在交际舞大赛中取得了全管局第二名的好成绩。

吴幽琴对待下乡的那些知青，就像对待自己的亲兄妹一样。当时农场医院有不少的知青分在那里工作，他们都才十七八岁就来到了农场。吴幽琴热心地关怀着他们，经常帮助这些知青缝补衣裳，拆洗被褥，还给他们织毛衣，家里做的一些好吃的都拿去给他们吃。有一天上班，吴幽琴发现一个北京知青一直唉声叹气，闷闷不乐。后来才知道，这个知青收到家中的来信，父亲病得很重，需要做大手术，而这个知青平时爱抽烟喝酒，也没攒下多少钱。吴大姐没有多犹豫，马上借给了这个知青30元，让他先给家里邮回去，并告诉这个知青，不够咱们再去想办法。这位知青顿时感动得泪水从眼眶里涌出，轻轻地滑落到嘴边。他对吴幽琴大姐说："大姐，真的特别感谢你，我以后也不抽烟了，攒点儿钱邮给家里。"此时的吴大姐也开心地笑了。吴大姐就是这样，无微不至地关怀着她身边每一个知青，在日常生活和工作中，为这些知青排忧解难。这些知青都从心里无比地尊敬吴幽琴大姐。在这些年中，有很多知青回来看望他们黑土地第二故乡的亲人们。吴幽琴总是十分热情地招待这些知青，每次知青走时吴大姐都为他们准备一些土特产，像榛子、蘑菇、木耳、黄花菜等，还把自家菜园里产的蔬菜晾干，让他们一定带回去，告诉这些知青：这是黑土地亲人们的一片心意。

吴幽琴的爱人十多年前得了重病半身不遂，生活不能自理。她床前床后精心地照顾着，护理了十多年，把她的爱人护理得非常干净。喂水喂饭，端屎端尿，翻身洗澡，洗头剪指甲，一天累得她喘不过来气，浑身的衣服几乎每天都湿透了。但吴幽琴每天脸上都流露出爽朗的笑容，从没有烦恼。即使病人拉尿在床上，她也从不去责怪，使她的爱人在心理上得到了极大的安慰。吴幽琴说："他是一个病人，如果我不把爱人照料得干干净净，别人该会怎么看我啊？"吴幽琴的事迹十分受人称赞，在前两年电视台还采访过吴幽琴大姐，并且给她们照了全家的合影。

退休后吴幽琴也从没有闲着。她忙完了自己的家务事后，还帮着组建起了老年广场舞蹈队。刚开始成立时十分不容易，这些老人们老胳膊老腿的，学广场舞的动作十分费劲，吴大姐就耐心地教他们。每一个动作吴大姐都一个一个手把手地、不厌其烦地教他们，她是这个广场舞队的核心人物，吴幽琴大姐既是编舞又是指挥，从服装、道具、彩排到化装，她面面俱到，都亲自去安排。由她带领的舞蹈队发展很快，多次参加了农场举办的大型文艺汇演和平时节假日的庆祝活动，还代表红色边疆农场参加了多场演出，得到了主办方的高度评价，受到了红色边疆农场领导的多次嘉奖。

常言说：一滴水可以反映出太阳的光辉，一个人亦可在一点一滴中反映出他的人品。吴幽琴就是这样的一个人，她就像冬天里的一缕阳光，给无数人带来温暖。她热心助人，淡泊名利。虽然在她身上没有惊天动地的故事，但她却有着崇高圣洁的品质。吴幽琴大姐身上的美德如黎明初升的太阳那样，在黑土地上闪闪发光。

荒原泪

我的战友李赫 1974 年调到了一个反修营新组建的连队，也叫开荒队。那里仅有两顶帐篷和四台旧的拖拉机，一台小型车，几十个知青和十几个老职工。这些人基本上都是几个连队中调皮捣蛋，和领导对着干的所谓"不听话"的人，就这样七拼八凑地组建了这个开荒队。当时新建点还没有打井，做饭和饮用的水都是冬天融化的积雪和夏天的雨水汇集到一个水泡子里的水。水很浑浊，水质很差，上面还有很多漂浮物。他们一天劳动量很大，也很少有人去烧开水喝。

北大荒的 7 月，天气已很炎热了。李赫开荒回来又饥又渴，喝了很多水泡子里的冷水。到了晚上，李赫感到肚子有些疼痛，就去找卫生员开了点药吃，一晚上往厕所跑了好几次，到了第二天肚子疼得直不起腰，还发着烧。卫生员赶紧把李赫的病情报告给了连长。连长让小型车驾驶员长河（李赫开车的助手）赶紧送李赫到厂部医院去治疗。经过大便化验，医生诊断是中毒性痢疾。在厂部医院又经过了三天的治疗，李赫还是不见好转。当时厂部医院的条件很差，木头楞房子里四处透风。早晨小咬、中午瞎虻、晚间是蚊子，一天轮班地轰炸。而且李赫一点东西也不想吃，我给他熬了一点小米汤，他只喝了几口又全吐了，我的心里万分焦急。我知道中毒性痢疾这种病也是很严重的，在黑龙江兵团每年都有知青患中毒性痢疾而死亡的。

第四天上午，我守着正输液的李赫，长河开车来到厂部医院看他。看到李赫苍白的面色，一点精神也没有，长河眼里含着泪水问我他的病情如何。我说："没什么太大的好转，因为这里的条件特别差，都赶不上连队的卫生室。"长河临走时说："过几天小型车要去抚远拉瓦，等回来后我再来看李赫。"李赫扶着床艰难地坐了起来，告诉长河："去抚远的路上高坡很陡，急转弯很多，你头一回出远门，千万要注意安全啊！"

几天后，李赫的病情还没有好转，排尿也很困难，走路直打晃。医生说：

如果明天还不见好转，就得插管导尿，转到师部医院去。李赫感到自己病情已很严重了，心里万分苦闷，思绪重重，一阵阵心酸。

这时忽然门外进来两个看病的知青，见到李赫后，非常吃惊地问了一句说："你伤到哪了？你不是在抚远县人民医院住院吗？怎么这么快就转回来了？"听了他俩说的话，李赫联想起两天前，长河来医院时说要去抚远拉瓦一事，是不是出啥意外了？李赫又担惊又害怕，又问了他俩事情的经过。他俩抢着说："不是你开车去抚远了吗？"李赫说："不是啊，这几天我都在营部住院，哪都没有去啊？"他俩又继续说："你们连的小型车，在去抚远拉瓦返回的路上，翻车砸死人啦。我们还以为是你开的车呢！那真是搞错了，太对不起了。"这一天李赫不知是怎么过去的。他的心里就像有十五个吊桶打水一样七上八下的，久久不能平静。那颗忐忑不安的心越跳越快，李赫不敢再往下去想了。医院里的晚上很静，只听到蚊子的嗡嗡叫声和老鼠啃木头的咔咔声，伴随着李赫度过了一个不眠之夜。

清晨，李赫感觉肚子憋涨，急忙去了厕所，没想到排尿是那么顺畅，心想今天就不用转院去师部了。八点多钟医生过来给李赫打点滴，问排尿情况怎样。李赫回答：正常了。医生开玩笑说："是不是你们连出事了，把你的尿也吓出来了？因为昨天我给你加了一些利尿药，所以你今天排尿正常了。"

几天后，李赫病情稍有好转，就急忙办了出院手续。在二抚公路旁等了很久，才搭上了一辆顺路车回到了开荒队。此时连队的气氛非常压抑，待回到宿舍后听排长大裴讲述："在你住院后连队急需用瓦，派你的助手长河，另给配了一个随行人员王建华一同去抚远县拉瓦。在返回的途中翻车将哈尔滨1968年下乡的老知青大宇子给砸死了，由厂部的解放牌卡车把尸体拉回了连队。现在大宇子的尸体就放在油料库的屋里。因天气太热，怕尸体腐烂，连里派人去其他连队下井刨冰，把冰放在尸体的周围，派人昼夜看守，就怕动物把尸体啃咬了。"出事的当天，连领导给死者的家中拍去了电报。在等待中，又给死者选了一块风水宝地。前边是一片开阔地，草地上开满了五颜六色的野花，后面是一片挺拔茂密又秀朗的白桦林。领导派木工老张给大宇子打了一口棺材，并做了一块墓碑，全连都在焦急等待中。

两天后，大宇子的父亲和哥哥从哈尔滨来到了连队。大宇子的父亲是在哈尔滨一个政府机关担任领导工作。看见自己的儿媳怀中抱着一个才三个多月大的小孙女，痛哭流涕，眼睛已哭得又红又肿。老人用手轻轻地抚摸了儿媳怀中抱着的小孙女儿，那种撕心裂肺的痛，深深地打动着老人的心，让泪水在老人的眼里不停地打转。大宇子是去年才在反修营结的婚，两个人婚后感情非常好。当大宇子的父亲看到灵堂前摆放着他养育多年的儿子的遗像时，老泪纵横悲痛欲绝，几次差点儿晕过去。

经领导和家属的协商，同意第二天为大宇子下葬。清晨的北大荒四下里一片寂静。向远处望去，丝丝缕缕的乳白色的薄雾，悄悄地从那广袤的黑土地上无声无息地流动着、翻滚着。全连知青和新老职工家属都在为大宇子伤心落泪。这时天空飘来了一片乌云，连长说："天可能要下雨？早点下葬吧。"李赫也曾告诉我说，大宇子下葬那天，他感觉世界突然变暗，视线极其模糊，心情也变得异常沉重，脑海里一片迷茫，身体也开始失重，似乎要飘了起来，有一种掉入黑洞的感觉。泪水从眼中夺眶而出，切实地感受到失去一位好战友，好兄弟的悲伤心痛。

连长和排长大裴开着链轨拖拉机，拉着木爬犁上的棺椁和墓碑送到墓地。送葬的知青和职工家属的呜咽哭声悲悲切切，感天动地。大宇子的妻子哭得死去活来，她的眼泪扑簌扑簌地不停顺着脸颊滴滴落下，落在她怀中的女儿头上。细雨一直不停地下着，仿佛老天也在为大宇子哭泣。大宇子三个月的女儿在妈妈的怀里甜甜地睡着了，她希望自己的父亲在天国能够安息。

逝者大宇子的父亲对连长说："我后天就要回哈尔滨去了。走前我想去看看那两位受伤的知青。"连长告诉他，那两个知青还在抚远监狱拘留所里关押着呢。大宇子的父亲坐车和厂部领导一起来到了抚远监狱的拘留所。见到监狱长后，很客气地说明来意。监狱长表示肇事者必须受到惩罚。但家属坚定地说："我是死者的父亲，我不想去追究谁的责任，人死了也不能复生，而他们都是知识青年，也都是和我的孩子一样。他们为建设边疆保卫边疆，做出了应有的贡献。我不希望今天我已失去了儿子，还让他们在监狱拘留所里受苦。他们也有自己的父母，我更不想让他们的亲人为他们担忧而伤心落泪。让今天活着的人去努力工作，有自由、有幸福的生活，这是我的希望。"经过多方几次协商，监狱长终于同意放人了，回连队继续监督劳动改造。就这样，长河和王建华走出了监狱拘留所的大门。大宇子的父亲豪爽正直善良，爱护着每一个知青孩子，令人佩服不已。一个月以后，大宇子的父亲把儿媳和孙女一起也带回了哈尔滨。

当李赫见到从抚远监狱拘留所放回来的长河，他那吃惊的目光，眼里含着泪水，半天哽咽着也说不出话来。过了一阵，李赫紧握着他的双手说："长河没事了！一切都过去了，大宇子的父亲真是太仗义了，真是让我们敬佩的一个好父亲啊！"李赫又迫不及待地问长河车是在哪里出的事。长河沉重地回忆说："那天我去医院看你回来后，给车做了保养、加油和检查。第三天，领导派我和王建华去抚远拉瓦，临走时大宇子急忙跑过来说：'我也要跟你们去，我家中还有几袋土麦子，去县城换几只小鸡雏来养着。'在路途中大宇子见到了村庄，就要求停下车来，用土麦子和这里的老百姓换小鸡雏。车开到浓江镇时，大宇子已换了20多只鸡雏，当地的农家户还送给大宇子一个有盖的土篮子，一路上小鸡雏叽叽喳喳地叫个不停，挺烦人的。快到抚远县城时天已黑了，小型车在爬坡时，前大灯突然灭了，车速只能减慢，由一个人跳下来在前边引路。在淡淡的月光照耀下，半天才爬上了顶坡。经检查发现线路接头松动造成了短路。长河说：'今天真是太不顺了。'我们三人在抚远旅店住了一宿。第二天早晨匆匆吃过早饭后，就急忙去砖瓦厂装瓦。在返回连队的途中，天一直淅淅沥沥地下着小雨，王建华开车为躲公路上积水的水坑时，没想到拖斗滑向路边，拖出十多米远，造成了翻车。长河和大宇子被拖车扣在车底下，只听见王建华撕心裂肺地喊叫。王建华围着车斗转了一圈，也无能为力。在四处张望中，忽然看到一支军队的驻地。王建华三步并作两步跑去求援。待说明情况后，立刻跑来了很多官兵和一名军医，一起把车斗掀了起来。长河被瓦压在一个大坑里，幸运地活了下来，可是头部也被砸了好几个大口子，流着鲜血，真是死里逃生。不幸的是大宇子救出来时，脸已经成了绛紫色。鼻孔和嘴里还在流血，身上多处也被瓦砸得血肉模糊。军医赶快给大宇子打了一针强心剂，但最终抢救无效，大宇子的心脏停止了跳动。官兵抱来一些草帘子，将大宇子的尸体盖好。大宇子从老乡家里换回的那一土篮子小鸡雏，也没有一只是活的。"

连队的麦收即将要开始，但不同往年，连队没有召开动员大会，也没有让大家一起会餐，八月十日那天正式开始麦收。一眼望去，黑土地上一片金黄，如无边的金色海洋。一阵微风吹来，金色的麦穗儿扬起了一层层的金色麦浪。李赫开着小型车担负着运粮工作。路途中他身不由己，把车开到了大宇子的坟前，看到用桦木做的墓碑，墨汁写的碑文，不觉眼里流出了难过辛酸的泪水，心里非常不是滋味。

还记得北大荒的第一场小雪那天，纷纷扬扬的雪花好似一只只晶莹的蝴蝶在空中飞舞。他来到了大宇子的坟前，轻轻地拨开坟上和周边的一些杂草时，发现碑文已被雨水冲刷得有些模糊。李赫自言自语地说："大宇子，我可能是最后看你的知青了，我马上也要接班返城了。"顿时泪水忍不住流了下来。李赫心里感叹道：大宇子我的战友，我的兄弟！你可曾记得，当年是我用小型车把你从建三江接到了反修营咱连队的。一路上我们说笑不停。你一米八的大个子，身材魁梧，一表人才。两年多的相处中，你为人耿直，处事稳健，吃苦耐劳，任劳任怨。大宇子啊，我的好兄弟，我的好战友，如果当时我没有患病，可能也许就不会出现今天的这种生死离别，天各一方了，我真是悔恨交加啊！

时光流逝，如白驹过隙。在1995年初春的一天，李赫又坐上了哈尔滨开往前进镇的列车，来到了当年下乡时的反修独立营（现在的前锋农场）。自从返城后，他一天也没有忘记自己是北大荒人。当李赫来到战友大宇子当年的坟墓前，眼前看到的只是杂乱的一片荒草，坟墓已消失，还有那块当年用桦木做的墓碑，也不见了踪影。只有那片茂盛的白桦林挺拔伟岸。李赫凭借着当年的记忆在杂草中寻找，忽然间掉进一个坑里，吓得他出了一身冷汗。爬出坑后，才认出这就是当年知青战友大宇子的墓地，但不知什么时候这座坟茔就这样消失了。看到这一切，李赫的眼眶湿润了，他静静地站在那座坟茔旁，过往的那一切在北大荒沉静安然。

时间留下的是记忆，脚步留下的是经历。人老了，回忆悄无声息地入侵。寒风瑟瑟，飘零的落叶已枯黄。李赫的心里飘荡着一层厚厚的说不尽的悲怆。李赫在心里默默地对大宇子说：大宇子我的好兄弟，你安息吧！我和你的战友一定会重新把你的墓修好，因为那是一座不能消失的坟茔……

难忘儿时的元宵节

过完了虎年的春节，马上又迎来了元宵节，也就是乡间农家人口头上常念叨的农历正月十五。据史书记载，作为中国民间传统节日的元宵节，早在两千年前的秦朝就有了。明代江南四大才子之一的唐伯虎，曾这样赋诗赞美元宵节："有灯无月不误人，有月无灯不算春。春到人间人似玉，灯烧月下月似银。满街翠竹游春女，沸地笙歌赛社神。不展芳樽开口笑，如何消得此良辰。"这描述可谓入木三分，淋漓尽致！

如今随着人们小康生活的实现，元宵节的年味似乎与我们陌生疏离、渐行渐远了。谈及不免心生惭淡，论来也是轻描淡写、平淡无奇了。抚今追昔，心中对儿时元宵节的点点滴滴总觉得回味无穷、无比眷恋。

小时候，过元宵节盼的是穿新衣、戴新帽、抢灯盏、挑灯笼。那时候生活并不富裕，新衣服、新帽子、新棉鞋并不是从集市上购买的，而是母亲熬眼掌灯穿针引线的结晶。在我山东济宁鲁西南的农村老家，时逢隆冬、寒风刺骨、雪花飘飞，勤劳善良的母亲在屋中窗台下为我飞针走线。寒风拍打着门窗，飞雪覆盖了房顶，冷风呼啸着从每一个缝隙钻进屋里。母亲却不惧飞雪严寒，认真仔细、一丝不苟地为我们做新衣。双眼熬出了血丝，双手磨出了老茧，一种撼人魂魄的母爱不觉溢满了心头！可怜天下父母心啊！每每想起这些画面，我的热泪禁不住盈满双目……

到了元宵节头一天晚上，母亲总是提前从堂屋衣柜中把做好的一整套新衣翻出来递到我的手上，轻声嘱咐："孩子，明天就是元宵节了，这是我给你做的新衣服、新帽、新鞋子，赶紧穿上试试，看合不合适？"我高兴得换上新衣服、穿上新鞋、戴上新帽子，往镜子面前一站："真不错！挺合适的！太好看了！"

到了元宵节傍晚，在一阵鞭炮声中我匆匆吃完水饺。看见母亲手中托盘上摆满了各种模样的灯盏，有"刺猬的""小猪的""小鸡的""小蛇的"等，上面还插了根蘸过香油的棉棒，一股香甜扑鼻的味道迎面而至。我忍不住伸出小手准备去抓，被母亲轻轻地拍了一下小手嗔怪道："小馋猫，等祭完各路神仙才可以品尝。"我点点头，其实心中早已迫不及待了，便趁母亲不注意，偷偷溜出家门口和发小们准备去抢灯盏吃了！（注：灯盏是我家乡好吃的食品，类似现在的元宵和汤圆）

我们穿过一条窄长的胡同，一股扑鼻的香甜味道从空气中氤氲飘来、越来越浓，循着闪烁恍惚的灯光跑去，果不其然，一农家人门口祭神的灯盏正在冒着袅袅青烟。我们瞅瞅四处无人，蹑手蹑脚速战速决，每人一个抢在手中，又是一阵狂奔，瞬间消失在大街小巷深处。蹲在漆黑无人的一隅，慢慢品尝这黏香谗人的灯盏。放嘴边轻轻一咬，黏黏的、软软的、甜甜的，越嚼越香，真是让人回味无穷啊！

我们吃完抢来的灯盏，又纷纷跑回家中拿出父母给买的灯笼。那些小灯笼个个做工精美别致，虽然只是用纸糊裱，但表面勾画着五颜六色的山水图案和百怪千兽，在里面火红烛光的照耀下，图案更加妩媚多姿、吸引眼球。我们常常挑着小灯笼围成一个同心圆，比试着看谁的灯笼更亮更美更好看！紧接着又是一阵欢声笑语，又是一阵追逐打闹，小时候过元宵节的画面永远在心中萦绕……

我长大成家后，随着人们生活水平的日益提高，在元宵节做灯盏的却越来越少了，取而代之的都是溜圆香黏的汤圆……

难忘我的故乡！

更难忘的我小时候在故乡过元宵节的场景！

哭泣的黑龙江水

黑龙江水浩浩荡荡，像一条威武的巨龙，一泻千里、向东流去，直到和松花江汇合后，才向北流向大海。它日夜奔腾不息，像一颗明珠镶嵌在北国边疆那万顷的黑土地上，灌溉着北大荒肥沃广袤的原野平原。它又像一条银色的丝带，欢快地流经到大五家子那个美丽的地方。那天的黑龙江，不知为何那样沉默、哽咽、哭泣，翻滚的江水也在向大地、向苍天为我们讲述着那个年代的、一个悲凄的故事。

我所写的反映当年兵团生活的几篇文章在"兵团栏目"原创作品中刊登后，有一个我团四连（试验站）的知青一直在寻找我。她叫葛晓兰，后来通过"兵团寻友"栏目，找到了我的电话。电话中，葛晓兰十分激动地告诉我，她特别喜欢我的文章，每篇文章她都阅读了很多遍，而且几乎都是含泪读完的。我所写的这一切故事，她太熟悉不过了，如同发生在她的连队和她的身上一样，是那么心酸与悲壮。她又告诉我，她自己不知为什么，心里有很多故事就是写不出来，希望我能把她所知道的这个悲惨的故事记录下来，了却她心中四十多年的一个夙愿。

元旦过后的一个下午，我如约来到了她北京四惠的家。见到了葛晓兰，发现她本人很善良、也很健谈。她的家摆设很简单，但收拾得十分干净、整齐。从葛晓兰那饱经风霜的脸上，我能感受到她在兵团艰苦的生活中，一定吃了很多苦。她沏了一杯茶递给我，此时，我发现她的眼圈已湿润了。她伤心地讲给了我这个让我震惊、让我无比痛心的故事。

那是发生在 20 世纪 70 年代的一个真实的故事。故事的主人公是当地女青年，叫富丽燕。她工作在位于黑龙江边的一师三团四连（试验站），和徐红艳一起分在炊事班，葛晓兰分配在战斗班里工作。葛晓兰和徐红艳、富丽燕三个人是最要好的朋友。她们三个女孩从小在一块长大，又一起上学，中学毕业后，她们三个人又都一块儿留在了兵团工作。葛晓兰、徐红艳与富丽燕一家相处得十分融洽，三个人总是形影不离，像万花丛中的三只美丽的花蝴蝶，更如同亲姐妹一样。

可是有那么两天时间，富丽燕常在连队熄灯后很晚才回来，不知干什么去了。而且每次回到宿舍后，富丽燕都很兴奋，半天也不肯入睡。有一次，徐红艳问富丽燕："小妹，你总这么晚回来，干什么去了？"只见她脸色红红的，什么也不肯说。那么多年，三个姑娘可是亲密得无话不说，这一次，她究竟隐瞒了什么？葛晓兰和徐红艳都隐隐有一丝不安。

葛晓兰告诉我，富丽燕从小天资聪颖，人长得十分漂亮。白皙的皮肤，一双黑葡萄似的眼睛水汪汪地闪着亮光。她天生自来卷的头发又浓又黑又密，酷似一个洋娃娃。她爱说爱笑、爱唱爱跳，一天总是那样无忧无虑的，谁见了都非常喜欢。连队的一些男生，每次去打饭，打完饭也不肯离开食堂，都想多看富丽燕几眼。有时食堂开饭晚了，馒头蒸得碱大了，菜打少了，有人到食堂去闹腾，只要富丽燕出来一劝说，这些人都乖乖地立马离开食堂。富丽燕在炊事班工作时，不管脏活、重活，即使是男同志能干的活，挑水、劈桦子，她都争着抢着去干，从不叫苦叫累。富丽燕的家离连队很近。每次休息从家回来时，她都要给同志们带回她家做的很多好吃的。全连上下无不喜欢这个活泼天真、纯洁可爱的小姑娘。她参加工作的当年，就被评上了五好战士。一张红色的奖状贴到了富丽燕家的墙上，全家都为有这样一个好女儿那么能干听话、为家里争光，感到无比自豪和欣慰。当天他爸爸高兴地喝了不少酒，还喝醉了。

美丽迷人的大五家子，山水交错、土地肥沃。奔腾不息的黑龙江水从这里穿过，一泻千里。然而，殊不知一场噩梦也正悄悄地降临在这个小姑娘身上。有人向连队反映说，都熄灯半天了，富丽燕还没回宿舍，不知去了什么地方。连长一听，立刻就急了，马上紧急集合，让大家去找富丽燕。

气氛顿时紧张起来，吓得躲在没门、没窗户的一所破学校里的富丽燕浑身颤抖、不知所措，不敢大声喘气。和她在一起的是一个哈尔滨知青，高高的个子，忠厚老实，又十分文静内向。他姓顾，在连里担任排长。他工作十分积极肯干、吃苦耐劳。任劳任怨的他已连续两年被评为五好战士。他才刚刚参加完团里召开的表彰先进工作者的大会回来。

小顾在连队里也备受瞩目，连队里不少女知青对他都特别地敬佩。原来，小顾和富丽燕两个人，在几个月前就相爱了。而且小顾问富丽燕坚定地表示：自己一定要永远扎根边疆，一辈子守候在黑龙江大五家子这个富饶的地方。富丽燕听后十分感动，像一只可爱的小鸟，紧紧地偎依在小顾的怀里，是那么幸福而甜蜜……

这时，有几个人寻到了这所破学校，发现她俩还紧紧地抱在一起，都十分惊讶！要知道，在那个非常时期，在那个特殊的年代，阴霾四起，谈恋爱那可是当时的大忌，那是犯了一个大罪呀！连里把她俩带到了连部，当晚就召开了批判大会。连队的副指导员一直威胁，不停地追问他俩是否发生了不正当的关系。言辞是那样让人恶心，不堪入耳。批判会一直开到很晚，富丽燕只是把嘴唇咬得很紧很紧，一言不发，任泪水不停地流。她望着漆黑的窗外，只能向苍天祈盼求助……小顾更是态度坚定，一再表示都是自己的错，和富丽燕一点儿关系也没有。他说，他俩什么也没做，关系十分正常，只是拉了拉手，拥抱了一下。那天晚上的批判会就这样草草收了场。

第二天连里宣布撤销小顾的排长职务，和富丽燕一起到农工排参加劳动，并要写出深刻的触及灵魂的检查，去各个班排接受大家的批判。他们俩每天除了要干很重的农活外，晚上还要去做检查，接受一次次无情的批判。在他俩的背后指手画脚的人很多，说他俩什么的都有，话讲得极为难听。那个时候，真是唾沫星子都能淹死人。他们俩此时的身心都一度遭受到极严重的伤害，更何况一个十九岁的姑娘，又怎能容忍这些流言蜚语呢？

葛晓兰伤心地告诉我："富丽燕接受批判检查的那两天，脸色异常难看，精神恍惚、不吃不喝，只是默默地流泪……一双大眼睛总是紧盯着窗外，想要寻找小顾那熟悉的身影，还一个劲儿地说：'不公平，太不公平了！老天啊，为什么会是这个样？'"

在出事的前一天，富丽燕从枕头底下拿出了小顾送给她的心爱礼物，让她两个要好的朋友徐红艳和葛晓兰看。那是一个红塑料皮的笔记本，封皮的上面印有毛主席的语录。打开笔记本，里面有小顾写的几行端庄秀丽的字：建设边疆，保卫边疆，扎根边疆，做毛主席放心的兵团战士。富丽燕把笔记本紧紧地贴在胸前，两行热泪不停地流，把那个笔记本都浸湿透了。

而小顾在农工排检查批判中，更无时不在惦记思念着富丽燕，他恨不得插翅飞到心爱的人身边去拥抱她，去给富丽燕更多的一些温暖。但此刻根本不行，他在被人监督劳动着，小顾的心全碎了。他不能理解那个年代的自私愚昧与无知，他更不明白男女之间为什么不能去相爱？他问苍天，苍天无语；他问身旁滔滔的江水，江水一泻而过。他彻底绝望了。这些莫须有的罪名压得他俩实在是喘不过一点气来了。只有泪水和两颗心，默默地伴着他俩的情与爱，是那么的纯真和无奈。

这天晚上又有人到连部去报告："富丽燕不见了。"连长忙说："那看看小顾在宿舍吗？"此时，小顾听说富丽燕不见了，立即冲出屋，高喊着："丽燕，丽燕，你在哪里呀？你在哪里呀？你快告诉我？"这时，整个连队全震惊了，四处闹得鸡飞狗跳，呼唤声、嘈杂声一晚上也没停息。全连人员出动，分成了几路。菜地、麦田、树林、草甸子……所有能找的地方全找遍了，也没见富丽燕的身影。富丽燕的家人也哭喊着去了她的亲戚家。可是几家亲戚那里，都没见到富丽燕。小顾急得捶胸顿足地瘫痪在地上，再也起不来了。这是一个不眠的夜晚，令人恐怖的夜晚，悲哀的夜晚。全连人员也都在这个晚上没人入眠。那天晚上，黑龙江边邻近的大五家子那个村子里，狗不停地叫了一个晚上。起风了，江水也好像恍惚地发出阵阵的悲泣，声声像在呼唤。

直到第二天的中午，打鱼的老乡才发现了从江水中漂浮上来的富丽燕的尸体。只见富丽燕的嘴唇紧咬着，身上穿了一件平时她最喜欢的那件红毛衣，眼睛睁着仰望蓝天。她希望天堂那边永远与世无争，再也没有任何忧伤。她的手攥得紧紧的，手里有一张从笔记本上撕下的纸，上面写着"小顾我喜欢你"，后面还有几个感叹号。至今我还奇怪，那张纸和上面的字居然没有被江水泡坏。

富丽燕的父母闻讯后，惊慌地跑到江边，抱着女儿的尸体失声痛哭，哭得死去活来、泣不成声……她的父母向着江水那边撕心裂肺地呼喊着："丽燕啊，我的女儿呀，你究竟是犯了什么错呀？你又是得罪了谁？丽燕，我的宝贝女儿呀，你死得好冤啊？你扔下我们就这样不明不白地走了，这叫我们还怎么活啊……"富丽燕的父母几次哭昏过去，那个场面凄惨悲切，令所有的人心寒落泪。

只见小顾跪在富丽燕的尸体旁，拿起富丽燕手中被江水浸湿的那张纸片，泪水唰唰地流个不停。他使劲揪着自己的头发，嘴里一个劲地喃喃自语："这是为什么呀？为什么呀？这到底是为什么呀？"他久久地跪在那里不肯起来。

在大五家子的黑龙江边上，从此又多了一座新坟。可怜一个青春懵懂才十九岁的纯洁姑娘富丽燕，那芳华的青春、年轻的生命，永远和那为她哭泣的黑龙江水，巍峨的一架山相依相伴。江边的那片白杨树，永远低垂，为这个女孩流泪。

青山到处埋忠骨，大地处处起悲歌。听完这个故事，你的心情能不沉重吗？能不为富丽燕感到悲哀吗？能不让人去为那个年代所发生的一切去深思吗？

历史的长河，像日夜奔流的黑龙江水滔滔向东，向北汇入大海大洋。富丽燕的英灵在九泉之下应该得到安宁！她美丽的靓影，也在天堂含笑九天，在保佑她的心上人——小顾，一生幸福、安康、平安……

抹不掉的记忆

《那些年，我们留下的足迹》文章发表以后，得到了很多战友读者的支持与认可，都觉得看完以后余味未尽。其实在杨丽妍的身上发生的还有很多令人难忘的故事。

往事并不是过眼烟云，今天捡拾起那时青春的记忆碎片，勾连着各自铭心的记忆，更能显示出越来越清晰的岁月旧痕。那些年生活的艰苦是不言而喻的，尤其是在北大荒新建的连队的生活更是一贫如洗。杨丽妍所在新建十三连的第一个年夜饭，让她至今记忆犹新，感慨回味。虽然已过去了五十一年，但那一切仍是历历在目，魂牵梦绕地在她脑海之中闪现。

那年的大年三十，连队除了仅有的一点冻白菜，只有一些土豆，还是从外地引进的品种，特别地辣。快过年了，连队一点荤腥都没有。那年天气特别冷，白天都在零下三十多度。北风呼呼地刮着，真是滴水成冰，寒气逼人。连长从早上开始就不断打电话，向各连求助，想要匀点猪肉让这些知青们能过个年，但全都无果。

连长一根烟接一根烟地抽着，抓耳挠腮地期盼着，直等到天快黑时，附近的九连才给连长回了话，让他们明天去九连，拉半片一头淘汰的老母猪肉。第二天一早，天刚蒙蒙亮，连长孔文刚兴高采烈地亲自驾驶着"28"型胶轮拖拉机，带着司务长，冒着零下三十多度的严寒，拉回了一头被淘汰的母猪。年三十能包饺子也总算有肉了。当时派了连队好多人在食堂里帮厨，剁肉、剁冻白菜地一起忙活了大半天。大约下午四点左右，连长让杨丽妍和通讯员去通知各班排，按顺序去食堂领饺子馅和面粉。按当时炊事班的条件和设备，真不具备二百多人吃饺子的条件。食堂用蒸馒头的大锅来拌馅，只见两位炊事员蹲在灶台上，用铁锹来回拌着馅，旁边放着两盏柴油灯，忽闪忽闪地发着微弱的光。各班用洗脸盆盛回了面和馅。没有擀面杖，就用烧柴火的树条子砍一个，面板就是把自己的洗脸盆扣过来，用盆底当面板，有的班还用装衣服的箱子当面板。她们连部排在最后一个去领面领馅儿。

当杨丽妍和会计走进食堂时，一股刺鼻子的柴油味扑面而来，很呛嗓子，原来在给前边班打馅时，不知是哪个炊事员不小心把灶台上的柴油灯碰翻了，柴油洒进了盛馅的锅里。无奈也只好这样包了饺子。等到煮饺子时，也是按着发馅的顺序进行。等轮到她们连部煮饺子时已快到半夜了，锅里煮饺子的水已成了粥状。因为面也不好，又不怎么会包，各班煮的饺子绝大部分都破了。吃到嘴里，首先是柴油味大，恶心得让人想吐，其次因为是多年被淘汰的老母猪肉，剁也剁不烂，嚼也嚼不动。杨丽妍勉强吃了几个饺子。一边吃，一边想吐，一边流着泪水。她当时仿佛听到了什么声音，开门朝有声音的方向走去，得知四排五排的女生们，全抱在一起哭着喊爸爸妈妈，真是伤心透顶。这顿柴油饺子的年夜饭在杨丽妍心中留下了深深的阴影，令她挥之不去。

20 世纪 70 年代初，杨丽妍在十三连担任出纳员期间，三团的财务股在孙吴县城南山脚下，每月得去几次办业务。最使她困惑和纠结的事，就是战友们一开工资都要往家中邮些钱，少则五元，多则二十元，最多一次要帮助全连战友们代邮七八十份钱。那时候一切都是手工操作。一是怕收款地址写错了，二是徒步翻山去潮水，背着沉重的款项遇上坏人可怎么办？三是翻越大山，趟灌木丛林后，已经累得精疲力尽了，可还必须赶到潮水道班，挤上开往孙吴的大客车。有时人虽被挤得上车了，装钱的书包却还在车门外夹着，钱被人偷了丢了可怎么办。所以在这个时候，杨丽妍心里总是惴惴不安，担心得要命。那年冬天，杨丽妍帮战友们去汇款，到了孙吴邮电局已是上午十点钟。杨丽妍心想上午肯定汇不完了，那就等下午再接着汇吧。孙吴回潮水的班车已没有了，她心里更万分焦急。结果只汇完了二十几份款，邮局的工作人员就要下班吃饭了，还态度十分生硬地告诉她，你下午不要来了，按地区划片，你们应属于爱辉区域，去西岗子邮局汇款吧？杨丽妍当时就急了，因为她还有四十多份战友的款没有汇完呢。此时杨丽妍情绪十分激动，大声和他们理论了半天也没有用。邮电局的工作人员就是说下班了什么业务也不办了，你还不赶快走，打更的一个老头把她推出了门外，"呼"的一声锁上了大门。杨丽妍一人站在邮电局的门外，失望和无助的感觉涌上心头，委屈的泪水顿时像断了线的珠子一样流了下来。她此时不知道该怎么办好，更不知道该往哪里去。等她回过神来，摸了摸背在身上沉重的钱兜后，才拖着疲惫的身体，向住在孙吴县城里她的姨妈家里走去。

姨妈看到杨丽妍失魂落魄的样子，十分心疼，马上请了半天事假，（那时候请事假要扣工资的）又求助托了好几个熟人，费尽周折，才帮她把钱全汇走了，使她坠在心里的一块石头可算落了地。杨丽妍总是在心里说："姨妈呀，我永远要好好地感谢您，如果当时没有您的帮助，我真的着急上火死了。何况还背了这么多钱，当时真不知道该怎么办。"

杨丽妍在十三连担任出纳员的几年里，使她最难以释怀的一件事，就是那段丢钱的经历。大概是 1972 年的春天，她们四位女生住在一间屋子里（有会计、杨丽妍、连队老师王金花，缝纫组的宋桂英）。她和会计合用一张普通的三个抽屉的办公桌，她用两个抽屉，会计用一个抽屉。中间那个抽屉里是放现金的，当时也就算是保险柜了。

春天是北大荒连队一年里最忙的时候，不论任何人每天都要下大地帮着去干活，跟着拖拉机一起去播种。晴天一身汗水一身灰，雨天一身雨水一身泥。下地劳动时，杨丽妍怕丢钥匙，经常把一串钥匙放在自己的裤子底下，觉得这样也算安全了。杨丽妍告诉我说："湘生，我现在想起来真是很幼稚也很可笑。"有一天她下班回宿舍，一打开抽屉当时就蒙了，脸唰地一下就变白了，嗓子也哑了。昨天还数好，包在手绢里的五百元现金全不见了（记得是五元面值，一百张，因刚开完工资记得很清楚）。这些钱是连队留的库存备用金。当时吓得杨丽妍差一点晕过去。她忧形于色，心急如焚，一下子瘫坐在地上，不知是泪水还是汗水，把她身上穿的衬衣都湿透了。杨丽妍傻傻地望着丢钱的抽屉，半天才定下神来。她慌慌张张地跑到了大地里，马上去报告了连长。当时连长也惊呆了，这可是全连的储备金，救命钱啊！连长急忙跑到连部摇着电话，赶紧向团部汇报。

第二天早上全连紧急集合，团里也来了几个公安人员宣布此事，并在会上说："谁如发现线索马上报告，我们会给他奖励的。"杨丽妍已经吓糊涂了，嗓子也全哑了，说话也说不出声了，一夜之间嘴上起了无数水泡。团里来调查的人讲的一些什么，她一句也没有听清楚。在侦查现场时，杨丽妍突然恍然大悟，原来装钱的抽屉后面是空的，手都能伸进里面去拿钱。接下来，调查组无数次找她去谈话。在她当地父母的七连家里，也布控了一些暗地监视。此事她不敢和任何人去讲，她的母亲身体十分不好，当时母亲还在北安医院住院，怕家中父母知道此事，受不了这么大的刺激。

杨丽妍无端地背上黑锅被怀疑后，十三连的战友们都开始对她敬而远之。在那个年代 500 元可真是一个不小的数字啊，是全连的命脉。那些每天对她投来的种种怀疑目光，简直就像万箭穿心一样疼痛，让她无法用语言去表达。那时的她真是叫天天不应，喊地地不灵。失魂落魄的杨丽妍只能每天以泪洗面，吃不下饭更睡不着觉。尽管如此这样的她，仍然每天都得下大地去干活。她一声不吭，和谁也不说话，脏活累活全冲在前面抢着干。收工了她一个人默默走在最后面。望着小兴安岭西边的天际，杨丽妍发现晚霞也在望着她。那玫瑰色的云块在天空徐徐变幻着各种形状，时而像老虎，时而像一头吃人的狮子，一口要把杨丽妍吞噬一样。她怕，她呼喊，她哭了，哭得好伤心！有几次杨丽妍躲着人群，独自来到大洋河边，痛苦地边哭边哀求。清清的大洋河水映照着她憔悴的脸。

一群群小鱼在她身边游来游去，杨丽妍嘶哑着嗓子呼喊："苍天大地呀，能否帮我杨丽妍说一句公道话！"杨丽妍才刚二十出头，从初中毕业，分在试验站上班的那一天起，她就怀着满腔的热情，想要干出一番事业来，吃苦耐劳，勇挑重担。不久就在实验站被选进了三结合的领导班子里。正当她干劲十足，信心百倍地为实现人生理想去努力奋斗时，却因为她父亲的问题被清除出了领导班子，分配去了十三连建新点。在新建点十三连的杨丽妍下定了决心，要使出自己百分之百的能力去担当，去奋斗，要让自己早日加入党的组织。可偏偏事与愿违出现了丢钱之事。今后何去何从？还有谁能再相信她呢？这样的煎熬日子，还不如让她一死了之呢！她含着泪水往大洋河的深处走去，冰凉的河水刺骨的寒冷，只怪河水太浅，还不能把她淹没。她披头散发地又跑到杨树林里，那清新的空气，蓝蓝的天空，小鸟的叫声又唤起了杨丽妍对生命的渴求。她痛苦地想：小杨呀，你是聪明人，你不能就这样含冤离去，也决不能去做亲者痛、仇者快的事情。此时杨丽妍的心里如刀绞一般疼痛难受，就像是掉进了万丈深渊，不知所措。

就在这件事情还没有弄清时，没过多少天连队又丢了二百元钱，这让人十分费解。团里派了一个个工作组，仔细地来深入调查，真可谓挖地三尺，闹得人心惶惶。全三团把这事情传得沸沸扬扬。第二次丢钱也给杨丽妍解脱了罪名，因为那时候她已经不再担任出纳员，钥匙也已上交了。她正在反省之中，根本不能再怀疑到杨丽妍了。

杨丽妍一直忍着无尽的打击和心理上的伤痛，积极配合着调查组，用她诚实的态度，善良的一颗心，以及自己的实际行动和表现感动了三团领导。三团段松魁团长亲自批准，把两次丢失的七百元钱列为呆账核销（呆账是指，持款人为走失，死亡，逃亡者）。年底又把她调到三团修配厂担任会计工作，算是还了杨丽妍一个清白。

杨丽妍几次对我说：作恶之人，如磨刀之石，不见其损，日有所亏。偷钱之人，万众瞩目，天地不容。他一定会从心里受到谴责，也逃避不了历史对他的惩罚！杨丽妍是我们知青中的女强人，吃了很多的苦，历尽了磨难，却是风雨压不垮，在苦难中开花！只有内心的坚定，才能把岁月留下的伤痕化作我们成长的书签。正像作家梁晓声所说：每个人的人生都是一本书，厚薄之分而已，尚不以文字记录便是无字的书。

那朵命运不幸的小花

这是我三哥海善向我含泪讲述的一个令人痛心的故事。虽然半个世纪过去了，但岁月留下的伤痕和磨难，那些饱蘸着血汗的青春爱恋的经历，至今历久弥新，让人魂牵梦萦。

七月的山丹军马场，自然景观甚是壮丽奇特。碧波万顷，草原广袤，满目皆绿。举目远眺，祁连山顶峰上的白雪在阳光的辉映下闪着银光，可谓是生机勃勃，让人瞬间感受到大自然的神奇以及壮美山川草原的广阔胸怀。草原上碧波万顷，马牛羊点缀其中，如画一般铺就在焉支山和祁连山之间的盆地中。清澈河水的附近，隐约能看到一片葱翠的原始森林。祁连山脚下的山丹军马场，风光壮阔雄伟，令人如痴如醉。

1978 年 7 月，从甘肃分来了十几名农业技术学校的学生。他们来到我三哥的连队实习，刘娜和另外一名女学生被分配在我三哥海善的车组。刘娜的父亲在兰州市税务局工作，家庭生活条件十分优越。刘娜来到山丹军马场后，积极肯干，爱说爱笑，十分开朗活泼，和我的三哥海善特别投缘，也能聊到一起。

刘娜长得很漂亮，清澈明亮的瞳孔，弯弯的柳眉，长长的睫毛，乌黑的头发似瀑布一般垂直。小姑娘的眉毛又细又长，说话时一动一动的，就像夏天随风摇曳的柳叶那样动人。虽然刘娜身材娇小，说话柔声细气，但让人能感觉到她很有力量，有一种真正精神的美，真是一位人见人爱的小丫头。

在工作中，刘娜认真钻研学习技术，脏活累活总是抢在前头，深受我三哥的器重。那时我三哥在山丹军马场，是开东方红 60 型号拖拉机的。他每天带领着这两个徒弟推土，修路填沟。沟深有二三十米，这个任务很艰巨又相当危险，不小心掉下去就会有生命危险。但是刘娜有着一种初生牛犊不怕虎的顽强精神，工作十分踏实认真。

一个多月之后，这两个姑娘基本上都能跟师傅和我三哥正常上夜班了，也能替换我三哥休息一下。刘娜在工作中心情总是那么好，她每天有说有笑，好像身上总有使不完的一股劲。她跟我三哥说，等她实习完了以后，就要求来山丹军马场工作，因为她喜欢这个美丽的地方，也喜欢这里每一个热情善良的师傅。刘娜说她更喜欢祁连山草原上盛开的一种形状像雪兔子紫色的蕨花，它贴着地面上生长，花开得很美，散发着一种淡淡的芳香。每天她都要采来一大把放在机车的前头，像云霞一般。

刘娜每天都起得很早，在我三哥还没有到车场时，刘娜就早早地把车擦洗干净，加完油又给机车进行全面的保养。这台机车由于有刘娜的大力配合，每天都能超额完成任务，受到连队很多领导的赞扬和好评，刘娜的心里也总是美滋滋的。

这天轮到刘娜休息，她跟我三哥说："海善师傅，我今天要去军马场其他的连队，去看看分在那里实习的同学们。那么长时间没见面了，我很想他们。"我三哥对刘娜说："去吧，早点回来。多带点衣裳，晚上这边很凉。"刘娜那天打扮得特别漂亮，身穿一身不带领章帽徽的军装，脖子上系着一条紫色的纱巾，亭亭玉立非常漂亮。她笑着从兜里拿出一大把奶糖，送给了我三哥和那个女孩儿。三哥开玩笑跟她说："刘娜，我在北京吃过大虾酥糖。你们兰州的糖奶油味很浓，挺好吃的，我得留几块给你嫂子带回去。"他们三个人边说边笑，心里十分高兴。刘娜说："海善师傅，你带我干活都那么长时间了，我还没有去过你家呢！也不请我去看看嫂子啊？"我三哥兴奋地回答刘娜："等下回收工早，我一定请你到我家来做客，让你嫂子给你做羊肉面吃。"刘娜笑得是那么开心："那我就先谢谢海善师傅了！"

她们正谈笑风生时，机务队的金队长来到了他们车组，点名让刘娜到另外一台康拜因联合收割机上去帮忙抢收大麦。因为当时祁连山的天气十分不好，随时都会下雨，而刘娜在农机学校时学的就是机械的运用和维修。眼下正是抢收大麦的时候，时间可不等人。我三哥对金队长说："刘娜这孩子，有好长时间没有休息了，今天准备去其他连队看望她的同学，等她回来再说好吗？"当时刘娜也不想离开师傅和她的小姐妹，于是说："到新的车组我不熟悉，还得从头来，我不想去。"我三哥告诉刘娜："没关系的，一回生二回熟，习惯就好了。等把军马场的大麦抢收完后，我再让你回到咱们车组。"金队长在一旁严肃地说："姑娘，眼下正值军马场一年一度的抢收季节，每天都得三班倒，人员已经安排不开了，等咱们农场的大麦抢收完以后，我会向连队请示，多放你几天假，再让你回到海善师傅那里去学习工作好不好？"刘娜只好跟在金队长身后，含着泪水很不情愿地一步一回头地挥手告别了我三哥和她的小姐妹。那天我三哥看到刘娜那难舍难分痛苦的样子，眼眶也湿润了。这毕竟是和我三哥共同战斗过几个月的好姑娘，她是那么听话，那么聪明，那么乖巧伶俐！

这次我三哥做梦也没想到，刘娜与他的这一次分离，是永远定格在他们之间，令他们阴阳相隔的最后一面。第二天上午，三哥开着拖拉机正在远处修路，连队的一个同事骑着马慌张地跑来说："海善师傅，你的徒弟刘娜出事了，被绞在康拜因联合收割机里当场死亡了！"我三哥一听，如同晴天霹雳，被这突如其来的噩耗蒙住了。他心里难受得无法去接受这一事实，也无法控制当时的心情。他的头一阵阵眩晕，苦涩的胆汁儿直往嘴里涌，思绪凌乱的心像结成了一张网，越网越紧，直达三哥的心脏。

三哥马上放下手里的活，骑上马，狂奔到场部，沉重的心情令他几次险些从马上摔下来。当时整个场部都慌成一团，哭声一片。我三哥的心也彻底凉了，刘娜这样一个如花似玉的姑娘，她还在上学，还没毕业，她才刚刚二十岁呀！花一样的年华，就这样逝去了，而且死的是如此惨烈。

连队很多战友向我三哥难过地、断断续续地讲述了刘娜出事的经过，可我三哥再也听不下去了，只是默默地流着泪水。

十月份的祁连山气候多变，一会儿晴一会儿阴，还时常飘着细雨和雪花。为了抢时间争主动，早点把马场仅有的 500 亩大麦早一天收割完，几台康拜因全集中到一块儿来抢收。当年军马场老式柴油发动机康拜因比较落后，它的离合器经常出现打滑故障。离合器一打滑，喂入滚筒就堵住，一定要跟个人进行人工辅助工作，用一根长杆子往里扒拉才行。有一定操作经验的人，当离合器打滑的时候，都会拿一根长木棍子去疏通。刘娜是一个非常勤快的小姑娘，此时她看到堵了就用两手去疏通，开车的师傅也没有看到后边发生的这些事情，刘娜伸手掏的时候，她的头斜着半边身子全被卷进入了收割机里。当时烟筒冒着一股浓重黑烟，当机车停下来时候，瞬间一个年轻的小姑娘完全丧生在收割机里面，真是触目惊心，血花四溅，碎肉横飞。一个鲜活的生命就这样陨落了，鲜血和碎肉四处蔓延着，只剩下姑娘的半条腿，当时就把驾驶康拜因的师傅吓得晕倒在地不省人事，口里还吐着白沫。那天把全体在场人员也吓得魂飞魄散，面如土色。只见康拜因的下面鲜血淋淋，绞碎的骨头渣子和姑娘的头发混在一起，场面惨不忍睹。

当时现场来了很多人，领导让人把康拜因连拉带拖地运到了地头，吩咐人把刘娜的尸体能整形一下。可是没有一个人有勇气去清理绞碎的那些尸骨。还好在现场有几位现役军人，他们的营长下命令让几名战士去整理刘娜的尸体运回了场部，又把刘娜的整个尸体塞上了很多的棉花，勉强给她套上了一件肥大的衣裳，戴上了一顶帽子。场部的领导当即给刘娜的父母发了一封电报，她的父母第二天就匆匆赶了过来。

看到自己心爱的女儿被康拜因绞得残缺的尸体，她的父母哭得死去活来，几次哭昏过去。事实是那么残酷。哭声，满屋子的哭声。刘娜父母的泪水，包含了多少恳求和心酸，包含了多少不堪回首的往事，也包含了多少的绝望。她父母的泪水一颗颗地滴下，滴在女儿的身上，像祁连山的蕨花那样盛开，永不凋谢！

刘娜出事那 500 亩地，在山丹军马场原先叫七疙瘩地，因为那块地上有个很大的土包。为了纪念这位好姑娘，刘娜出事后大家把它改名叫作丫头地。军马场的每个职工都希望让刘娜永远能看到祁连山那伟岸挺拔的雪峰和那条弯曲的小河。因为河边盛开着刘娜生前最喜爱的绛紫色的蕨花，还有那绿色的青稞和黄色的油菜花织成的美丽画卷。

仰望星空忆乡愁

乡愁悠悠，旧事难忘。记得小时候和奶奶在村口麦场，乘凉时节仰望星空的往事，至今仍然在我脑海中历历在目！

故乡的夏天是酷暑难耐的，特别是进入了三伏天的那种感受，犹如人洗了桑拿一般。因此，农家人习惯地称作"桑拿天。"每每盛夏晚饭之后，来村口大场上乘凉的男女老少比比皆是。蝉鸣声声，热浪翻滚，空气窒闷，心情焦灼，老人们几乎手里都攥了一把扇子。

曾经记忆犹新的是我刚8岁记事时，那年的盛夏之夜奶奶带我去村口大场去乘凉。我搬着小板凳，淘气地把小板凳放在奶奶面前，往小板凳上一坐便躺在她的怀抱中，对孩童时期的我来说，一睁眼，一望无际的夜空仿佛就在眼前，离我从未如此之近，偶尔有流星划过，脑海里让我想着各种各样的神话故事，奶奶边给我摇扇子边给我讲故事，诸如《曹冲称象》《孔融让梨》《哪吒闹海》《孙悟空三打白骨精》《英雄王二小》《铁道游击队》等。奶奶讲得很认真，我听得也如此入迷。有时候奶奶讲累了都会让我抬头望望天空，我顺着奶奶手指的方向望去，没想到盛夏时节的夜空竟是如此之美啊！

"我的宝贝孙子，你快看北斗七星，旁边那就是牛郎织女星！"奶奶话音刚落，我却不解地摇头问道："奶奶，啥叫牛郎织女星啊？"奶奶喝了两口茶水，润了润嗓子，接着又咳嗽了两声。说道："想听吗？真想听吗？"我一脸迷惑。"从前有个放牛娃叫牛郎，有一天他在河边放牛，忽然听见河塘里有女子打闹的嬉笑声，牛郎正要去找牛，忽然脚下一软，低头一看，原来是踩到了女子的衣服！于是牛郎就把衣服拿走，偷偷藏起来了。过了一会儿，洗完澡的七仙女正欲起身穿衣服，却怎么也找不见她的衣服。其他仙女都穿好衣服准时返回天庭了。只有她还在找衣服，正在左右为难时，躲在不远处的牛郎就慢慢走出来把衣服还给了她。七仙女便对牛郎产生了爱慕之意，决心留下来和牛郎同甘苦、共患难。牛郎也正有此意，于是便成就了二人美好的爱情故事!"我眨巴着眼睛望着奶奶:"没想到天上也有这么多美妙有趣的故事啊!"

此后,满满的星空里装载的都是我的记忆。神秘的夜空充斥着梦的无限遐想,像一个散落到人间的天使舞动着轻灵的翅膀飞向远方。夜空中眨眼睛的星星是打着灯笼晚归的行人,他们在彼此的轨道运转,宛若浪漫的爱情可遇而不可求。星空的美源于它的宁静,它的广阔,它的神秘,它的超凡脱俗。一位位已然逝去的历史人物化作了那璀璨的星星,增添了夜色的壮美,令人怀念,让人感叹。

那边柳树下,几位老人在议论着每家今年种的庄稼收成,欢声笑语如波浪般此起彼伏。从他(她)们开心的笑声里就能感受到今年又是一个好年头,丰收在望的乡情,犹如这满天璀璨夺目的群星般永远辉煌!

夏天静谧的夜晚,我仰望着美丽的星空,星星是那么美,银河是那么浩瀚,他们在黑暗的夜空中闪烁着光芒,呈现出不同的颜色,红的如火,蓝的似海,白的如冰。那牛郎织女一起相拥的泪,那千千万万的星星化作一颗颗美丽的珍珠散落下来,述说着天上人间古老而美丽的动人故事。

我也分明地看见了漆黑的夜空中,一颗颗明亮的星星冉冉升起,也使我的心更加明亮,感觉星空离我很近,月亮离我更近,星星与街市上的路灯放着光明,夏夜的星空好似一幅美不胜收的油画,壮观而辉煌。星星像宝石般在蓝色天空中犹如无数只小眼睛注视着我,簇拥着我去热爱生活,努力前行!凝视着星空,可是我已经看不到故乡儿时那些抹不去的回忆了。至今留存在我的心中的是那蓝色的天幕中,闪烁着璀璨无数的星星,令我陶醉,让我充满着梦幻般的神秘……

那次探亲假

探亲假是我们下乡在黑龙兵团两年的游子们日夜期待的事情。能获得批准探亲假，对我们来说是天大的喜悦，会使我们高兴得忘乎所以。然而，我们每一个人身上那些泣血的故事，风霜雪雨的经历是那样地让我们刻骨铭心，挥之不去。

前几天见到一师三团十三连的文书霍秉文（我在兵团医院住院时的病友）和战友何京胜，他们也从平台栏目中看到过我写的《漫漫回家路》这篇文章。和他们共同聊起回家的往事，我们三个人都沉浸在无比的伤感之中。

1970年我患了术后综合征，病得很严重，转到黑龙江北安兵团医院住院。几个月治疗下来也没见怎么好转，后来我才知道经过细菌和药物的培养，当时医院根本没有特效药能治疗我的病。那时候的我非常痛苦，身体消瘦得只剩下八十几斤，而且吃东西就呕吐，每天只能打止疼针来缓解疼痛。连队领导知悉后批准我回北京去治病。一路上的艰辛波折，让我难以忍受。

当我拎着手提包进门的那一刻，母亲惊呆了，差一点都认不出我来了。我离家下乡的时候，是那么健康，活蹦乱跳，像一只小鸟似的每天在母亲的身边飞翔。而那时候的我，面黄肌瘦，皮包骨头，弓着的腰也直不起来。我扑在母亲的怀里委屈地失声痛哭，几乎晕了过去。母亲也紧紧搂着我，泪水滴滴地洒落在我的身上。此时我巡视了一下我的家，是那样的寂寞冷清。妈妈难过地告诉我，哥哥也去插队了，就剩下小弟弟一个人，说不定也得上北京很远的郊区去插队。自从我离开家，去了黑龙江兵团辰清那个地方后，母亲经常一个人坐在床边默默发呆流泪，还总站在板凳上望着中国地图公鸡头的那一方，寻找着龙镇、辰清、孙吴一些地方的名字，因为这些名字是我在写信中经常提到的。看到母亲鬓角上露出的斑斑白发和脸上那一道道皱纹，我的心如针扎一样的难受。

我在北京治病的日日夜夜中，妈妈和小弟弟为我操尽了心。每天天不亮，弟弟就去医院为我挂号，妈妈在煤球炉子上为我辛苦地煎药，家里的一点细粮和肉票、副食品票，也全给我一个人做着吃了。北京的夏天非常炎热，怕我刀口再次发炎感染，每天晚上妈妈都坐在我的床边，不停地为我摇着蒲扇。望着妈妈苍老慈祥的脸，我的泪水像断了线的珠子一样不停地滴下，也正如诗中所言：慈母手中线，游子身上衣。临行密密缝，意恐迟迟归。谁言寸草心，报得三春晖。

我含泪聊到这里，看到战友何京胜的眼角也湿润了。发生在他身上探家的故事，让我和霍秉文都惊呆了，是那样的令人心酸难受。何京胜非常沉重地哽咽着告诉我俩，那是1971年天寒地冻的岁末，连队批了他的探亲假，何京胜激动的心快要跳出了胸膛。两年，整整两年啊！他做梦都在想能早日回家见到自己的亲人。他从连队食堂买了些黄豆，又把晾干的木耳和黄花菜装进手提包里。几个老职工把一包自己种的关东烟叶递到他的手中，让他带回北京给他的父亲品尝品尝。

坐上了连队的28胶轮车，他的心也早已飞向了北京那个方向。那白茫茫空旷苍凉的北大荒原，一场又一场纷纷扬扬的大雪，把小兴岭山脉装扮得一片苍白，蜿蜒的"大阳河"也被严寒锁住了它的一切，躲在厚厚的冰层里瑟瑟发抖。坐在颠簸的28胶轮车上，冬天的沙石公路上，车辆行人寥若晨星。到了团部好不容易才挤上了大客车。又经过了几个小时的艰难路程，最后费尽周折终于坐上了从牡丹江开往北京的火车。一节节车厢塞满了人，车厢中的人几乎全是穿着清一色绿大衣和黄棉袄，大家都是回家探亲的知青。

空气中弥漫着劣质烟草呛人的气味、臭脚丫味，熏得何京胜真快要窒息了。人群中还不时传来粗野的谩骂声和下流的玩笑后的哄笑声。在两节车厢接合处的角落里，何京胜找了一个地方，昏昏沉沉地坐在装满黄豆的提包上睡着了。他的嘴角处还流露出一丝甜蜜的微笑，何京胜似乎感觉到此时他已在睡梦中回到了亲人的身边，是那么开心和幸福。何京胜在编织着一个又一个美丽的梦，幻想着自己的母亲在忙碌着，为孩子在烹制接风的菜肴，那空气中弥漫着久违了的鱼肉的香味，馋得何京胜一个劲儿地咽着口水。他仿佛望见了母亲那关切的目光，不时地凝视着眼前这略显消瘦了很多的孩子，"京胜啊，不是你每封家信中都说吃大白馒头还随便吃，穿得很暖和吗？为什么你没有长高，反而更消瘦了很多呢？"何京胜又好像梦见，洗过澡后的自己舒服地躺在床上，看着全家人都在为自己忙碌的情景。啊，回家真好。那种幸福的感觉充满着他的每一个细胞，温暖着全身。一阵剧烈的晃动使何京胜从甜美的梦境中惊醒，这时车已到达了丰台车站，马上就要进北京了。故乡啊，我的北京！远方的游子离别两年多，您的孩子今天来看您来了。

"妈妈，妈妈，我回来了！"带着一股凉飕飕的寒气和对亲人的无限思念，何京胜冲进了自己的家门，为了给全家亲人一个意外的惊喜，何京胜并没有在书信中透露此前要回家探亲的消息。可跨进家门的那一刻，眼前发生的一切让他目瞪口呆。惊愕中的他嘴巴半天也合不拢。在昏暗的灯光下，他看到的是几床破被褥凌乱地堆在墙角处，而另一个墙角散乱地放着几件炊具，父亲蹲在墙角一个劲儿地唉声叹气，闷着头，使劲地抽着旱烟袋。哭肿了眼睛的母亲冲过来，把何京胜紧紧地抱在怀里，泪水不停地往下流淌。家徒四壁，凄惨无比，这是为什么？为什么啊？

听到一些响动声后，哥哥、弟弟和小妹从另一间屋子跑了出来，看到何京胜仍木呆呆地站在那里，他们的眼中根本没有了一点与亲人久别重逢的喜悦和激动。大哥、弟弟、小妹流露出的只有一脸的哀愁与忧伤。大哥赶忙把他拉进屋里，向何京胜讲述了事情的原委和大概的一些经过……

何京胜的父亲在 1957 年就被打成了右派。"文革"时，他的父亲三天两头要写检查写思想汇报，单位要将何京胜的父亲遣返回原籍，湖南的一个小山乡去。

由于家中的公用家具全被单位拉走了，哥哥只好从同学家中借来了几块木板和板凳，为父母搭了一张简易床，兄弟几个也只好在冰凉地上铺上了一些草凑合睡了。这就是何京胜第一次享受和盼望的探亲假，他回到亲人身边的第一个不眠的夜晚。

母亲遵照着北方人的一些习俗，上车饺子，下车面，为何京胜煮了一碗上面漂着点点油花的面条，也算是为他接风洗尘了吧。而此时他的全家人已经一天没有开火了，全是在以泪洗面中度过的。

第二天，为了给他父亲送行，母亲炒了几个再也简单不过的菜。全家围坐在地上，默默无语，直到菜全都凉了，也没见一个人去动一下筷子。被历次运动整得心力交瘁的父亲，此时更是沉默不语，最后还是由何京胜打破了沉默，他端起酒杯强忍着眼里的泪水说："爸爸，儿子祝你一路顺风。"父亲微微抬起了头，那深邃的目光中包含着无数的沧桑，父亲用颤抖的手端起了那杯滴满泪水的酒，极度伤感地说："孩子啊！这些灾难都是我给你们造成的啊！真的对不起你们了，但今天爸爸要说的只有一句话，希望你们一定要记住，你们的父亲不反党！"至今父亲那沉重、悲痛、撕心裂胆的那句话，仍在何京胜的脑海中时时回响。

何京胜送走了他的父亲，两年来所攒下的积蓄也所剩无几，本打算在北京为自己添置几件衣物的愿望也成了泡影。由于他的家庭属于"黑五类"，所有的子女也只能去上山下乡，更无任何的选择。两个哥哥先后去了吉林和内蒙古插队落户，弟弟也去了北京的郊区插队，最小的妹妹还在上学，家中唯一的生活来源就剩下母亲一人，每天风里雨里地在街道的一个小厂子里上班，每月那32元的微薄工资。这也就是目前他们家的全部家当了。大哥在插队时不幸又染上了肺结核，病情很重，公社又怕传染给别人，他只能回家养病。没有钱，也看不起病，只能依靠朋友给的廉价偏方，去听天由命了。他的二哥和弟弟本打算利用农闲时回家，高高兴兴和家人团聚，欢欢喜喜过上一个团圆年。家中突发的这场灾难，使这短暂的欢聚却成了痛苦的思忆。在万家灯火，温馨团圆的新年第一天，何京胜家的兄弟姐妹却只能含泪分别，离开这个虽不宽裕，但也温暖的家。

何京胜也已感到，在家过春节是自己不可能实现的愿望了。他再次清点了一下手中的积蓄，发现除了买返回北大荒的车票后，自己手中还剩下20元钱。何京胜小心翼翼把它拿出来全部交给了母亲，并哽咽着告诉母亲他已买好了回去的车票，明天中午就走了。母亲没有去接这20元钱，突然紧紧地抱着何京胜失声痛哭，哭得泣不成声，让人心碎。何京胜强忍着心中无限的悲痛安慰母亲说："妈妈，你看我现在已经是一个男子汉了，该能挑起的担子，我不会退缩的。妈妈，您尽管放心吧，为了这个家我在东北会好好生活，保护好自己的。"

元旦过后第三天，也就是何京胜探家回来的第五天，母亲特意为他送行，在合作社买了两毛钱的肉，剁了半棵白菜，按照北方人的习俗包了三十个饺子。饺子包好后，小妹妹懂事地躲了出去，出门时似乎无意地回头看了他一眼，何京胜此时也看到了小妹，小妹在下意识地深深咽着口水。长时间的营养不良使他的小妹妹皮肤显得异常灰暗，头发枯黄得像干草一般，他深深地知道小妹太需要增加营养了。可家庭的一个个灾难和不幸，却让小妹过早地成熟了。

何京胜为了不再有过多的伤感，也为了在母亲面前表现得坚强，能做到像一个真正的男子汉似的，他提起了根本没有装什么东西的提包轻声对母亲说，妈妈我走了。此时何京胜的泪水忍不住夺眶而出，他头也不回地跨出了自己的家门，直到走出了好远，他才擦了一把脸上的泪水，留恋地回头看了一眼。他看见苍老的母亲还倚在门外望着他转身的背影。在寒风中，母亲那一缕缕飘散的白发，永远定格在何京胜的脑海之中，至今历历在目。

节日的北京站，出京的乘客屈指可数，站台上冷冷清清。"三哥，把你东西安排好，下车抽支烟吧？"一个亲切又熟悉的声音，在何京胜身后响起，回头一看，是他的小妹妹。这时小妹再也抑制不住几天来的痛苦，扑在何京胜的怀里号啕大哭，泪水浸湿了何京胜的衣裳。在家里时，小妹妹和他的感情是最深的，从小就像一条小尾巴那样总跟在何京胜身后，有谁想欺负小妹妹时，何京胜总是去给她出气。偶尔有了一点好吃的东西，何京胜也总是给小妹妹留着。每次玩累了妹妹就耍赖，非让何京胜背着走。在背妹妹回家途中，小妹就趴在何京胜的背上睡着了，睡的是那么香甜。这次小妹好不容易盼回了哥哥回家探亲，但哥哥一天也没有陪着小妹去玩过。妹妹为了送他，自己省钱不去坐车，徒步走了十里多路，用身上仅有的五分钱，买了一张站台票，来和哥哥告别。尽情痛哭一阵后，小妹抬起了泪眼模糊的脸，十分单纯幼稚地说："三哥，有些事我始终不明白，也想不清楚。为了不给爸爸妈妈添任何麻烦，我们平时一举一动都是那么小心翼翼，为什么我们还是躲不过那些羞辱、谩骂和流言蜚语呢？难道真的就像咱妈妈所说的那样，因为我们上辈子作了孽，天生就是一个狗崽子吗？"

说句心里话，那时候何京胜的心也早已被撕碎了，他没有能力去解释，也不能去给小妹一个满意的回答。他只能抚摸着妹妹靠在他肩膀上的头，痛苦悲伤地说："小妹呀，听哥哥的话，任何事一定要忍。如今没有哥哥在你身边了，你尽量少出去，在家里多帮妈妈干一些活。相信吧，总有一天我们这些'狗崽子'会挺直腰板堂堂正正做人的！"火车站两遍铃声响起了，马上就要开车了，何京胜看到他的小妹在寒风中穿着很单薄的衣服冻得瑟瑟发抖，他马上把大衣脱了下来披在了妹妹的身上，转身就上了车。他刚坐到座位上，看到棉大衣从窗外又塞了进来。列车缓缓地移动了，小妹恋恋不舍地跟着列车跑。列车加速时，何京胜还听到后面传来小妹最后一声哀婉亲切的声音："三哥好好保重！"

听完了何京胜字字带血、声声带泪的讲述，我的头都快要炸裂了，眼前一片茫然，泪水也早已模糊了我的视线。这难道就是我们朝夕盼望的两年探亲假吗？那些清苦与贫瘠，那些创伤和痛苦，恋爱与遗憾，那些激情燃烧的岁月，带我们去回忆那些荒诞不经的青春与人生。那是泪花涌动的遥远青春，那是我们知青身上流血、流汗、流泪的真实故事啊！

孤　魂

那是 1971 年的 1 月 27 日，我迎来了在兵团度过的让我刻骨铭心、终生难忘的第二个春节。岁暮天寒，天气冷得让我无法形容。那年深秋时节下的几场纷纷扬扬的雪一直都没有化，而隆冬又有几场大雪接踵而至，地面上的雪层堆积得越来越厚，把小兴安岭的山脉装扮得一片苍白。整个辰清的荒原白得耀眼，辰清河也躲在厚厚的冰层里瑟瑟发抖。

大年三十的晚上，我们吃着家中早就邮寄给我们，却一直都舍不得吃的食品，喝着闷酒，在昏沉沉思念亲人的痛苦和泪水中度过了这个特殊的夜晚。初一的早晨，寒风刺骨，出门稍久眉毛上都会挂上霜，严重的脸会冻得发白。肆无忌惮的雪花纷纷扬扬地飘落着，凛冽的寒风一阵阵吹过来，小兴安岭山脉好似在颤抖，风吹到脸上像刀割一样生疼。我们全连的人员都端着各种盆子，去食堂领包饺子的面和冻白菜做的馅儿，准备包饺子。这时候通讯员急匆匆地跑过来，通知我们赶快到二排宿舍去集合开会，告诉我们，要传达营部一个重要的指示。大家接到通知后，陆续走进了二排的宿舍里。在大通铺上依次坐好后，连长板着个脸，态度十分生硬，义正词严地对我们宣布说："刚刚接到营部的指示，过年这几天，大家喝酒都要限制，每个人最多不能超过二两。"大家全都在底下议论纷纷，嘈杂声一片，都对此十分不满。很多战友和老职工说："我们刚建新点一年，生活这么艰苦，大过年的，连整口酒喝，还要受到限制，这是什么规定啊？"连长接着严肃地说："昨天，也就是大年三十晚上，一个十六连的北京知青李贵华，因为喝酒喝多了，喝死了，今早凌晨才发现，这不营里刚来的电话通知吗？"

大家一听北京知青喝酒喝死了，这么小的年纪真是太可怜了。我当时真不敢相信自己的耳朵，我又仔细询问了坐在我身边的战友，他说是啊！是十六连的北京青年李贵华，九十三中学的。我的心顿时就像被钢针扎了一下，无比疼痛。怎么会是他呀？我的脑袋突然间就胀了起来，眼前一阵阵眩晕发黑。我做梦都不会让我想到是李贵华啊！就在一个多月前，我到营卫生队去看病，还见到了李贵华呢。他那时正忙得不可开交，忙着给各连队开票，出库发面粉和豆油。虽然在寒冬季节，我见他脸上仍出了很多汗，头发都湿了。他见了我，十分高兴地说："好哥们，你等等我，中午我请你到我们机关食堂吃饭。"我回答说："不用了贵华，一会儿连队的 28 车要走，你先忙吧。我得跟着车回去。还有一个多月就要过年了，我家给我邮了不少好吃的，我给你留着，你过年到我们连来，咱们一起过年好吗？"李贵华回答我："哥们，我们这儿离孙吴县城比较近，买年货也比你们那儿方便一些，还是你来找我吧！"我当时回答他，到时候再商量吧。没想到新年到了，我和李贵华却阴阳两隔，从此永远不能再见面了！

我和李贵华在北京时就很熟悉了。他有一米七几的个头，棱角分明的脸，浓浓的眉毛修长，方正的鼻子，厚实的嘴唇，眼睛炯炯有神，一看就是一个帅小伙。我虽然不是和他在一个中学，但在 1969 年的 5 月份，我和他共同出席了海淀区第三届红代会，在那里我认识了他。我们共同看了一个歌舞剧，内容是"千年的铁树开了花"。一个解放军军医，用手中的银针，使一个聋哑人开口说了话。当时李贵华很激动地对我说："以后我也想当医生，去为所有的劳苦大众去治病。"没想到几个月以后，当年的 9 月 1 日，我和李贵华同乘着一辆列车告别了家乡，告别了亲人，来到了茫茫的北大荒原，小兴安岭的山脚下。李贵华分在辰清的十六连，我分在二连。他在连队吃苦耐劳，积极向上，勇于挑一切重担，和战友还有当时连队的一些老职工相处得都很融洽。不久就被调到营后勤股，担任仓库保管员，负责开票，给各连队发放面粉和食用油等工作。那时候我们两个见面的机会也很多，营部商店进的一些糖果饼干什么的，他都去买了给我留着，见面的时候一定要给我，使我们两个之间的友谊在这一年多的时间当中愈发深厚。

后来我知道，在过年前有一件事对他的触动很大，在他的心里留下了极大的阴影。那是李贵华在营部当保管员分发豆油时，他看到有些空的油桶，用手晃动里面还有点声响。他就把桶底下的一些黑渣和上面漂着的一点油，倒出来控着，这样长期下来，大约积攒了几斤豆油。当时我们整个独立四营所处的生活条件都异常艰苦。李贵华就把从桶底下控出的这几斤油，送给了一个老职工了。没想到时隔不久，被团里的领导发现了，不但扣了他当月的部分工资，还让他写了好几份检查，给他扣了不少莫须有的帽子。后来保管员的工作也不让他干了，又让他回到了原来的十六连。他是一个十分要强的人。在回到连队的那段时间里，他含着泪向我诉说过："他感到特别丢人，更没了面子，总感到昏天暗地的，好像人生没有了目标，更没有了方向，如同一副空的躯壳。白天浑浑噩噩，夜晚躺在炕上望着天棚，听着老鼠吱吱打架的声音，感觉黑夜是那么漫长。而以后自己的一生又如何去度过呢？我才刚刚十八岁啊！感觉自己好像被这世界所抛弃似的。"那时我见到过李贵华，看到他精神十分恍惚，也消瘦了很多，心情总是那么压抑和沉重。我曾劝他说："哥们儿，咱们要挺起胸，别去想这件事了好吗？连队和战友们都能理解你的，一直朝前往下走吧！快过年了，一定要来找我啊！我等着你！"真没想到这竟是我最后一次和他说话。没等连长的话讲完，会也没开完，我就痛不欲生地跑出了二排的宿舍。我站在通往营部的大道上，任凭狂风吹着，任凭雪花飘落，打在我的脸上。我思绪万千，泪水像断了线的珠子似的止不住地往下流。天空仍是那么昏暗，李贵华那熟悉的身影，沙哑的声音，始终在我脑海中一次次地出现，更使我抹不去那份真诚的思念。我始终不会相信发生在我眼前的这一切是真的，而我还在高兴、期待、盼望着李贵华，今天一定会来到我身边过年呢！

后来他的几个同学告诉我，年三十那天晚上，他和几个同学盘腿儿围坐在宿舍的炕上，打开了家中邮寄给他们的食品，又买了一些冻梨、冻柿子和糖果。当时李贵华的心情特别地沉重。从别的宿舍中，还不时传过来阵阵的哭声。李贵华从小就过继给了他的姑姑。他的命运坎坷，那时的他想着北京的亲人和他的姑姑，眼里满含着泪水，又加上他在营部当保管员时发生那件事，他的心快要碎了，别提有多难受和痛苦了。他端起了大茶缸子，一杯接一杯地喝着高浓度的北大荒酒，想用这些酒来麻醉自己，更想解除心中的一切烦恼和忧愁。宿舍里断断续续地传来哭声，李贵华好像听到姑姑和亲人在他身边呼唤，仿佛听到北京欢度春节，天空中响起那清脆的爆竹声。他端着酒杯笑了，笑得是那么甜。而那实际上是小兴岭山脉，粗粝的风发出的刺耳轰鸣声啊！

李贵华流着泪水的脸上愠色一片，嗓子里发出不均匀的鼾声，战友们给他盖上被子让他睡下了。当大家准备年夜饭，叫李贵华起来包饺子时，他已经没有了一点声响，身上软软的，当时全宿舍的人感觉情况不好，急忙跑到马号套上了马车，把李贵华送去营卫生队。十六连距卫生队有二十几里路，当马车走到辰清桥附近时，发现李贵华的身体微微抽动了几下，到了卫生队的时候已经是大年初一的凌晨三点左右。值班的卫生队班长，听说是喝酒喝多了，马上让大家把他抬到诊查室的床上。大夫上前用手摸了摸李贵华的脉搏，已经没有一点波动了，瞳孔也散大了，心脏已停止了跳动。大夫叹了一口气说："人都凉了，早就不行了。"送李贵华去卫生队的几个同学和战友顿时全傻了，声声泣血地呼喊着："贵华你怎么了？你怎么了？你可不能这样就走了，你才刚刚十八岁啊！"几个战友捶胸顿足，一屁股坐在地上，全瘫在了那里。

正月初七，她的姑姑和姐姐从北京来料理李贵华的后事。天寒地冻的，连队用雷管和炸药在靠近营部东北方向的山坡上炸开了一个坑，后面是那一片挺拔的白桦树林，用杨木板子为李贵华打了一口棺材。下葬的那天，辰清荒原上一片洁白，刮着刺骨的寒风，悲悲切切，天也阴沉得可怕。警通班和全体人员，低头肃立。大家想到李贵华那憨厚善良的微笑，活泼的身影，四周爆发出一片撕心裂肺的痛哭声。泪水和着冰雪黑土，哭声伴着飞雪在广袤的北大荒原野上，在那一片白桦林上空盘旋回绕。她的姑姑和姐姐，双手颤抖着，捧起一撮撮夹杂着冰雪干草的黑土，撒在李贵华的棺椁上，哭得死去活来，涕泗滂沱。天地仿佛也跟着旋转，像一道道的陡峭冰雪，阻断了一切。她的姑姑哭得浑身抽动，喉咙里发出悲痛的呻吟："贵华啊，你从小命太苦了，你过继给姑姑后，家里生活条件也不太好，这孩子一天也没跟着我享过福啊！

你从小是那么听话、懂事、乖巧，家里的活你全抢着为姑姑去分担。你就这样走了，把你姑姑丢下了，这让我今后还怎么活啊！"此时的天空渐暗，满天是厚厚的、低低的、灰蒙蒙的浊云。零星的雪花不知为什么，在此时突然间纷纷扬扬地越下越大，像棉花，像鹅毛，又好似盛开的一小朵一小朵的白花，是不是老天也不忍李贵华在十八岁的花季，就这样过早地撒手而去呢？风雪吹不掉心头的思念，时光带不走消失的音容，大家在刺骨凛冽的寒风中伫立，双眼饱含着热泪，把逝去战友的点点滴滴默默地永远定格在心中。

这位十八岁的北京青年李贵华，就这么简简单单、平平常常、无声无息地离开了我们。那荒原、那沃土、那白桦林还有青春的热血，无不魂牵萦绕在那片茫茫的黑土地上。在小兴安岭的山坡上，在辰清河水流淌过的地方，从此多了一座新坟。一个鲜活的生命，从此与我们阴阳两隔，天各一方。伴随着他的只是荒草萋萋，白桦依依，和那刮得昏天遮地的"大烟泡"，以及远处的声声凄凉。一个北京青年，就这样永远长眠在那孤寂的荒野之中。

几年以后，一个社办工厂占用了那个地方，李贵华的尸骨自此不知去向。我和他连队的几个战友曾回去过两次，想为他扫扫墓，可已无法再找到他的坟墓了。也只能在那个方向为他烧上了一点纸，以此来寄托哀思，悼念李贵华的孤魂。

岁月如歌，凄美苍凉，岁月如诗，荡气回肠。贵华，我的同学，我的战友，你离别了红尘世间，天堂那边永远无争扰。我的怀念想必你在天堂也能聆听到吧？你虽然没有那些轰轰烈烈的英雄事迹，但你的善良，你的音容笑貌，你当一名医生的远大理想，"为所有的劳苦大众去治病"的豪言，永远铭刻在我的心中！安息吧，贵华！安息吧，我的兄弟！你若在天有灵，变成一颗闪烁的星星，会看到又一个新年将来临了，我想你一定会笑的，因为我还一直在等待你来过年啊……

白的是雪　红的是血

记得那年夏天，我从一师六十四团因工作需要，调到其他连队去修水利。因为路不好走、迟迟没有车，我只能先带着一些简单的行李，坐着连队的马车来到了辰清检查站，在那里等待去潮水方面的汽车。我从上午等到下午，也没等到一辆去孙吴潮水方向去的车。我坐在行李卷上，又烦又扫兴，急得口干舌燥。望着茫茫的辰清荒原是那么苍凉空旷，天气又是那么闷热，公路两旁的白桦树被太阳晒得耷拉着，叶子都卷成了细条。只有辰清桥下面那清澈的河水，一眼望去，碧绿、恬静、清澈地闪着耀眼的银光，像一条翡翠色的绸带哗啦啦地流向远方。我站在辰清检查站的栏杆旁，左顾右盼，心情十分烦躁。此刻我多么希望能等到一辆车，能拉我去潮水。

辰清四处的荒野，也只见那一片片参差不齐的灌木林，在热浪滚滚的吹动下，很不情愿地摇动着他的枝条。举目无亲的我呀，心情十分低落，是那么的沮丧。我截了一辆又一辆车，不是车里坐满了人，就是不肯拉我，气得我喘着粗气，头昏脑涨的，一肚子有说不出的苦水。正在这时，我看到从龙镇方向开过来一辆卡车，我急忙伸手向车里司机使劲呼喊，奔跑着迅速向前。车里司机探出了头对我使劲儿嚷着："你干吗呢？你不要命了，往前跑什么跑呀！被车撞着怎么办？"还真不错，上帝保佑我，只听"嘎"的一声，这辆汽车在我身边停了下来。

这名司机望着我被吓坏的样子，又看我疲惫不堪地站在那里，傻傻地发呆。他马上就问我："你要准备去哪儿？"我看着这位司机态度还不错，就赶紧告诉了他："我准备去潮水的水利连。"听完我说的话后，他二话没说，立即把我的行李装到车厢里。然后他态度很和蔼地对我说："那你上来吧，到驾驶室里来坐吧。"他用一只手使劲儿地把我拽到了驾驶室中。这时我才注意到，他是一个年轻的司机，个子高高的，浓眉大眼，四方的脸上带着笑容，很是帅气。他告诉我，他叫李江，是当地的青年，参军复员后来到兵团，在部队时就学会了开车，现在分在团里开车。他又接着问我："听你口音，你是北京的青年吧。说话很好听嘛。"我回答他："是啊，我从小就生活在北京。"他告诉我："你去的那个水利连我很熟悉，条件是很差的，工作也十分艰苦。你们这些知识青年也真是太不容易了。"一路上，他和我谈笑风生，无拘无束。

我望着窗外已夕阳西下的天边，那云层旁的云霞，也变得色彩缤纷、变幻无穷。辰清河的流水，在夕阳的照耀下显得那么自然、那么迅速、那么瑰奇。这时候李江看了看我，接着问我："我怎么发现你好像对大自然特别感兴趣啊？"我回答说："我看到那美丽的大自然，真的就仿佛看到我的母亲的笑脸一样，特别亲切，特别的美好。"李江说，他从小就生长在潮水那个地方，他还有两个姐姐，初中毕业后现在都在兵团工作。他让我以后能去他们家玩，还说我到了连队安顿好以后，他会抽空帮我把留在辰清那里的箱子也尽快拉过来。他还告诉我，让我以后遇到什么困难需要他帮忙的，就来找他，他一定会帮我的。车开到孙吴县城后，李江使劲拉着我下车，一定要让我先吃点饭再往前走。我一个劲儿地对他说："不用，真的不用了，我一点也不饿，还是到了连队再说吧。"他根本不相信我说的，仍执着地说："都一天了，哪有不饿的，你别骗我了。"我和李江在孙吴县城的饭馆吃了一些饭，我俩都抢着去结完饭钱后，急急忙忙就赶路了。我发现李江开车的技术非常的娴熟，那么不好走的路况，坑坑洼洼的，而由他驾驶起来的车是那么平稳，那么舒服。我猜想这也许和他在部队刻苦学习技术是分不开的。

大约天快黑的时候，李江把我送到了水利连，还帮我安顿好了一切。他和水利连的领导似乎好像很熟悉，相互都打着招呼，还让他们以后多关照我。我紧紧地握着李江的手，恋恋不舍地就这样和他分别了。走时李江再三跟我说："等休息的时候一定去我家玩儿。"我望着李江的背影和卡车开去的方向，眼圈顿时湿润了，情不自禁地流下了泪水。在以后我和李江接触的很多时间里，他给我留下的印象很深很深。他工作十分积极，吃苦耐劳，对他的两个姐姐十分好，又特别孝敬父母。他的脸上总是带着灿烂的微笑，好像在他的心里从没有忧愁，更没有烦恼。而李江在有很多次开车路过我们连队时，他都会抽空来看我，安慰嘱咐我，带给我很多的温馨，还经常送给我很多的衣食物品。他在出车经过各县城时，还总买一些我喜欢的东西送给我。我的心里是那样充满了异常的感动，眼里也经常闪着泪花。

那天连队休息，他开车把我接到他的家中，我见到了他的父母和他的两个姐姐。他们一家人对我相当热情，问寒问暖体贴无限，又做了一桌子满族风味儿的饭菜来招待我。他的父母拉着我的手亲切地说："孩子呀，你一个人在外很孤单也不很容易，以后有时间就常来家里玩吧。我儿子的家就和你的家一样，你可千万别客气啊。"我们吃着聊着，玩着笑着……那天我的心情特别开心，格外的快乐。从此以后，我们之前的友谊也与日俱增，就如同亲兄弟一样。

那年秋天李江生了重病，住在孙吴县城的医院，我得知以后很快请了假，一直在他身边陪伴，寸步不离，端水喂饭，无微不至地照顾着他，直到他的病好，痊愈出院。他和他的家人对我说："你太善良了，我们真不知道怎么感谢你才好啊。"我回答说："你们全家都对我这么好，做这点事儿是太应该的了。"后来，我从水利连工作一段时间后，调到了六师去工作，走时李江来送我，又捎来了他妈妈特意给我做的一床新被子。我心里升腾着一阵阵的暖意，是那样的幸福。临别时，我和李江说了很多相互道别嘱咐的话，是那样依依不舍、难舍难分。后来我还答应李江，今年春节我如果不回北京探亲的话，一定上他们家来欢聚过年。他含着泪笑了，冲我微微点着头。

到六师以后，我和李江经常联系，书信从不间断，思念更不断。没想到我和李江的那次道别，是我和他永远的阴阳两地、天各一方。在那年春节的前夕，我接到了他姐姐写给我的一封信，这封信写得很长，还没有读完，我的眼圈就湿润了，抑制不住的泪水顺着我的脸颊不断地流，我的眼前一片空白，感觉天昏地暗，更不愿相信这是摆在我面前的事实。我想，李江的姐姐在写这封信的时候，心里该会有多么的痛苦和悲伤啊！他可是家里唯一的一个男孩啊！何况李江又是那么聪明，那么懂事，那么听话。信中向我讲道，今年的冬天，李江开着大挂车去森林里拉那些砍伐的木头。腊月的天气极其寒冷，大烟泡刮得天昏地暗，白茫茫的一片令人分辨不出方向。到了砍伐点儿，李江二话没说就脱下了棉袄，帮助其他的战友一块来装车。天是那么寒冷，凛冽的寒风不停刮着，漫天飞舞的空中只见纷飞的雪花。而李江的身上这时已被汗水湿透了，另一个司机下车来劝他说："李江你不要命了，待会你还得开车呢。"李江坚定地回答："你看这天阴沉呼啦的，可能要有暴雪，咱们帮他们一块早些装完车，好早点出这片林子。天一黑，雪再这么下，车就更不好开了。"只见李江一个人抱起木头最重最粗的那头，和战友们一起配合，一层一层地往车上码着木头。装完车后，李江又帮助他们用钢丝绳把车上木头绞扎牢固结实。他根本顾不上休息一会儿，用手擦了擦头上的汗水，披上棉袄马上回到驾驶室里，和另外一个司机发动着了汽车，开着向团部的方向驶去。

此时的雪纷纷扬扬下得更大更猛烈，大烟泡刮得连眼睛也睁不开。车轮压在雪地上发出咔嚓咔嚓的响声，和大烟泡的怒吼声汇成一起，像狼嚎一般。整个森林里显得阴森可怖，悲戚凄凄笼罩着整个山林间，空气也越加沉闷，天上聚集着厚厚的一层云团。李江回头望了望，坐在大挂车木头上面的几个装车的战友，此时他们都被冻得脸通红通红的，雪花落在他们身上白白的一层。他们坐在木头上紧紧地缩在一起，其中还有一个女同志。虽然他们都裹得严严实实，但也抵不住这大烟泡和这暴雪狂风的猛烈袭击。李江这时迅速地把车停了下来，招呼那个女同志坐到驾驶室里，他自己则爬到了大挂车上的木头上坐着。卡车拉着大挂堆得很高的木头，在坑洼不平的雪地上，迎着暴风雪在茫茫林海中前行着，李江一个劲儿地嘱咐坐在大挂车木头上的战友们，让他们抓牢坐好，还和大家不停幽默地开着玩笑。就在这一霎间，车轱辘轧在一个很高的木墩子上，汽车一阵猛烈的颠簸，车身倾斜了很多，李江没有来得及抓牢车上的木头和绳子，只见他的身体此刻失去控制，一下从高处的木头上面掉了下来，整个身体被后车轮碾了过去。雪地上横躺着他软软的尸体，血肉模糊，顿时溅出一片紫红色的血浆，染红了那洁白的雪。李江那一张稚嫩的脸已苍白如纸，淡然无神。

血一直在流，凝固在那厚厚的、白白的雪地上，就像绽开的一朵朵的小红花。大家泪流满面，哭声凄楚，战友们泣不成声地抬起李江的遗体。那个女同志望着李江的遗体，跪在地上哭得死去活来，嘴里一个劲儿地哭喊着："他都是为了我！为了我呀！"她久久地从地上也不肯起来。天地苍茫，漫天大雪，寂静无声地飘落而下，为李江不幸的青春年华在祈祷、在致哀。那年的寒夜，飘雪、孤寂、漫长，冰冻覆盖的黑龙江，也为李江默默无语地哀叹！

从信中知道李江去世的那一刻，我落泪如雨，突然感到当时的北风，是那样悲悲切切地也在呜咽，天地也仿佛开始旋转，那一片白皑皑的积雪上，我的泪水止不住地流，也好像滴滴地洒在那一朵朵的小红花上。骤然间在我面前涌起了一面厚厚的雪墙，一道冰雪峭壁，那白的是雪，红的是血。他带着我沉沉的思忆与呐喊：我的好兄弟呀，我亲爱的好兄弟！

四十多年过去了，永远斩不断我心中对李江兄弟的那一片真切的思念。他在我的心灵深处留下了一片永远抹不去的创伤，刺痛着我，刺痛着我的心。我的好兄弟啊！你忘了吗？我可曾答应过你再过几天就要去你家和你一起过年的啊？你为什么不再等着我呀？为什么？我泪眼模糊地呼唤着你！呼唤着你！而你今天却从此和我天各一方。你永远长眠在那北大荒这块肥沃的边陲黑土地上，那滔滔奔腾的黑龙江水，岁岁枯荣的原上草，那一片挺拔的白桦林，将永远伴随你二十二岁芳华的身旁，是那么悄悄低垂，那么沉默凄凉着，无声无息……

飘去的红纱巾

那是尘封开启后深藏的记忆，那是一段不堪回首的经历，那是心灵深处难以愈合的伤疤，那是一段苦涩的青春印记，那是北大荒原孤寂哀怨的哭泣……

他叫高伟东，有一米七八的个子，白白净净的。人很帅气，性格却很内向，长着一双炯炯有神的，明亮的大眼睛。1968年是我下乡的前一年，那一年初夏，我认识了高伟东。我们住在八一学校的一个宿舍里，同吃同住，开了一个星期的会。后来我们两个逐渐慢慢交流，相互了解很多。他在北京九十三中上学，家住在双清路那边的前八家。在没下乡之前，他还邀请我去他们家玩过。

1969年9月，我们同乘了一辆列车，一路向北，奔赴了广袤的黑土地北大荒。我们分在不同的连队，相隔有几十里路。当时连队的生活都异常艰苦，高伟东在连队工作中十分积极向上，从不叫苦喊累。他任劳任怨，经常受到班里战友和连队领导的好评。由于伟东积极肯干，表现十分突出，被调到连部当了一名司号员，并协助连队领导和连部做一些内务工作，搞些宣传出黑板报和一些烦琐的后勤工作。随着时间的推移，各连队在团里的指示下逐渐取消了司号员的编制。高伟东就被分配到机务排，当了一名拖拉机手，在当地很有威望的葛师傅手下当了一名助手。在那台拖拉机上当助手的还有另外一个徒弟，她是当地的女知青，名叫秀清。那年秀清才十九岁，她的父亲是一位转业官兵，很早就来到了兵团农场，在连队担任排长工作。秀清长得十分苗条，秀气清纯，处处透着温柔可爱善良的样子，很招人喜欢。葛师傅对这两个徒弟倍加爱护，十分认真耐心地教他们两人学习驾驶拖拉机的很多技术。他们两个也十分聪明，学习技术都很快，葛师傅看到他们两人那么肯学习，心里也特别高兴。

伟东和秀清在工作中相互照顾，相互学习，两个人都争着抢活干。秀清每天都早早起床，把拖拉机擦得锃光瓦亮，把油加好等待着随时出车。她更想让伟东多睡一会儿觉。伟东也每天跟秀清抢着干一些重活，脏活，甚至一些危险的活。两个人在夜班翻地时，伟东总是细心照顾秀清，总怕把秀清累坏了。两个人的好感逐渐升温，终于产生了爱情的火花。伟东穿得脏乎乎的油衣服几乎都是秀清帮他洗干净缝补好的。他俩驾驶着东方红拖拉机，每天迎着灿烂的阳光，耕耘着黑土地广袤的万顷良田。春光融融，白桦依依，情意绵绵，真是韶光染色如蛾翠，绿湿红鲜水容媚。那个时候，伟东和秀清每天是那么开心和幸福，他俩望着蓝天白云，仿佛听见了远方小兴安岭的亲切呼唤，共同对将来美好的人生充满着无限的遐想。

大约从1975年开始，知青返城的潮流开始了。通过各种途径返回自己家乡的知青也越来越多了，伟东的父母也在北京紧锣密鼓地托人找门路，帮伟东返城做着各种准备。家里的每次来信对伟东心里都是一个很大的打击和压力。秀清几次亲切地去询问伟东的打算，并坚决支持伟东一定要让他回城，希望他今后有更好的出路和事业前途。此时伟东望着秀清脸上闪动着的晶莹的泪花，一下把秀清紧紧地搂在自己怀里说："秀清我不走，我不回北京，我要和你在一起，请你相信我，咱们一起在这里生活，不是也挺好的吗？"秀清此时感动万分，心里暖融融的像流淌着一条清澈的小溪，她把头深深地埋在伟东怀里，感动得潸然泪下。

这世上的爱情与真情，犹如清风明月，这世界上所有的爱，缥缈在北大荒原，洒落于眼前的白桦丛林。伟东告诉秀清："我愿意在我的梦幻世界中永远等待你的到来，那最深重的爱，也会永远伴随着咱俩的日月一起成长。"

但是事情并不像他们想象的那么简单，秀清的父母知道当时自己的女儿正在和伟东热恋时极其反对，伟东几次去秀清家中都被轰了出来。他的父母义正词严地对他说："你一个北京的知青，马上就要返城回到你的家了，你把我女儿甩了扔了，将来丢下我的女儿一个人守寡谁来管？这个面子我们可丢不起，我告诉你伟东，你还是断了这个念想吧！你和我女儿根本就不可能在一块，更别提以后能结婚了。"伟东诚恳地祈求着说："大叔大娘，请你们相信我，我不会返城的，更不会抛弃你的女儿，因为我爱她，我要和她永远在一起。"伟东跪在秀清的父母面前，久久不肯起来。秀清也在屋里哭得死去活来。那天好黑的夜，好冷的心，寒风呼呼地吹着，不时向伟东袭来。他疲惫地喘着粗气，听着在风中摇曳着的哗哗作响的白桦树叶子，伟东此时感到胸前冷飕飕的，吹得他从头冷到脚，天冷心更冷，而唯一温暖伟东的只有屋中秀清那悲伤的哭泣声。

秀清的父母不管那些，没隔几天，他们家就托在团里工作的亲戚，把秀清调到离伟东很远很远的一个连队去了，走时也是悄悄地，没有惊动任何人。秀清走时难过得眼睛都哭肿了，她一步一回头，一步一张望，是那么依依不舍。对于一个弱女子来说，秀清又有什么办法呢？何况她从小就是那么懂事听话，孝敬自己的父母。知青一个个返城走时的各种情景，秀清也是亲眼看见的。秀清眼望着自己生活多年的连队，望着那台被她擦拭保养那么干净，停放在地头旁的东方红拖拉机时，难过的泪水像断了线的珠子似的不住地流下，那里曾留下了他俩最美好最幸福的记忆，留下了他们最纯洁的初恋。蓝天上那缕缕的白云，是秀清心头丝丝离别的轻愁，秀清此时的心，就像秋天的白桦树，叶片无奈地飘洒一地，只把寂寞挂在枝头，留在心头。

当伟东得知秀清被她父亲托关系调到离他很远的连队时，他像疯了一样，四处去寻找，托人打听秀清的下落，但无人知晓，也无人告诉他。他买了一些水果饼干，去秀清的父母家看望，又被几次赶了出来。他父母郑重地告诉伟东："你们俩的事儿我们根本不同意，而女儿也对我们说了她自己也不同意，你就死了这条心吧！"

伟东从秀清父母家出来后，神情万般地失落，心里也特别不好受，有几天不吃也不想喝。痛苦、难过、伤心、沮丧的心情也以日剧增。伟东彻夜失眠了，睡不着觉白天更无心去工作，头疼得直撞墙，脾气也变得越来越古怪。衣帽穿戴不整，浑身上下脏兮兮的，一下变得让人不可思议，一会大哭一会又是狂笑。葛师傅看到他的爱徒一下竟变成了这个样子，也为他难过落泪。在那个艰苦落后的年代里，连队的卫生员也根本看不了这种病，后经团部医院介绍，让战友连哄带骗把他带到北安精神科去看病。因为伟东的病时好时坏，也不能老在医院住着，就这样又被送回到了连队。

后来伟东的病情发展也愈加严重，整天手里拿着根木棒东砍西杀，大喊大叫，吓得连队的人尤其是女生，根本不敢出屋了。秀清的父母也多次去转告她女儿，伟东得了神经病谁都不认，还总骂人打人，乱砸东西，你可千万不要回来啊。秀清当时根本不敢相信这是真的。她万般痛苦，拿出伟东回北京探亲时特意给她买的那条红色的纱巾，轻轻地围在自己的脖子上，回想那时他俩情窦初开的爱情，既幸福又伤心。随着这条飞舞的纱巾，她的心儿随风飘去，飘向远方，永远地逝去。秀清此时感到这条纱巾的珍贵，她感觉此时风不再凉，寒不再袭，人生路上是一片火红。那是一簇爱情的火，是天空飘来的精灵。此时的秀清姑娘再也坐不住了，她向连队请了假要回家，但是连队就是不批秀清假（因为秀清的父亲早已给连队通了电话，暂时不要让秀清回家）。秀清不顾那些，毅然决然地围上那条红纱巾，艰难地跑上了回家的路。因为她在心中思念着自己的恋人伟东。秀清翻山越岭，又在路上拦了一辆二八车。傍晚秀清回到了她的连队，当她快速跑去，见到伟东时，眼前的一幕让她惊耳骇目。浑身脏兮兮的伟东，手提着一个木棍，两眼直呆呆地傻笑着，望着眼前的秀清姑娘和脖子上系的那条红纱巾，脸上没有一点表情，只是一个劲儿地冲着秀清狂笑。秀清想过去拉一下伟东的手，伟东马上挥棒就要乱舞，吓得秀清颤抖着，哭着跑了出去。秀清失望了，她真的失望了，她不明白为什么会是这样？她没有回自己的家中去看一眼，而是带着伤心难过的泪水，连夜赶回了她现在所在的连队。留在秀清的内心的，也只剩下深深地埋藏在她心底那些模糊不清的回忆，而这些回忆却在秀清纯洁的心灵上永远留下了那些难以弥合的伤痕。

伟东的病情越来越重，大小便失禁，生活也不能自理了。那时我已从三团调到六师工作了。在这期间我曾给伟东写过几封信，但没接到伟东的一封回信。现在我才知道，他那时已病得相当严重，根本不可能再给我回信了。后来经他们连领导研究申请得到团里批准，按病退处理，让两个战友把伟东艰难地护送回到了北京他的家中。

我返城回北京以后，去找过高伟东几次。他一直在北京的安定医院住院，我去看望伟东时，他依然是疯疯癫癫的，过去发生的一切，我跟他讲了很多，但他一点都不再记得了。他的眼睛发直，目光呆板，经常不时用头去撞墙，有时候还骂人打人。当我看到这一切的时候，我异常难过，心也欲碎。后来他家那边拆迁，所有人全搬走了，再后来就听说伟东已经离开了人世。

北大荒原那片深沉的黑土地，那条飞飘的红纱巾，留下了伟东青春芳华的足迹，也留下了他美好爱情的传说。我的伟东朋友，你永远也是我心中美好记忆的那一部分。不幸的一代人啊，游魂于千里。青春在这里湮灭了，生命在这里也破碎了，为我们留下了一个虚无缥缈的北大荒的故事。伟东，我的兄弟，愿你在无争扰的世界里永生。

一个荒二代的述说

　　我写的《哭泣的黑龙江水》一文，在《兵团战友》和《老知青家园》栏目上刊登以后，受到了垦区很多朋友的热情关注，也不断收到了他们不少的来信，逝者的亲人也一再地向我表示感谢。我很惭愧地告诉他们："我一直在那里生活了多年，我很留恋那片黑土地，因为它是我的第二故乡。我能用手中的笔，去记下那个特殊年代悲凄的一幕，让逝者在天之灵得到安息，是我应尽的责任。"

　　后来向我曾经讲述那段悲惨故事的葛晓兰战友，我们逐渐也成了很好的笔友。葛晓兰深情地告诉我："我所写的每一篇文章都对她的影响很大，因为她的很多亲戚朋友，现在仍生活在那个地方。"几十年了，那里虽然早已发生了翻天覆地的根本变化，但养育着她成长的那片广袤的黑土地，是葛晓兰心中永远都那么刻骨铭心的记忆，那一条流淌她家门前，万顷碧波的黑龙江，那延伸远方的白桦林，还有那灌木丛中伟岸的一片白杨，永远不停地，轻轻地、轻轻地在敲打着她的心房……

　　葛晓兰告诉我：她是一名当地老职工的子弟，毕业于 1968 年 8 月，原红色边疆农场中学。后被分配到农场四连的试验站。后来，农场改为黑龙江生产建设兵团，一师三团四连试验站。因为那时候我国和苏联的关系相当紧张，她所在的连队和苏联只是一江之隔，江的对岸"海兰泡"是俄罗斯远东第三大的一个城市。为了战备的需要葛晓兰被分配到了值班分队，而对当时能上值班分队的每个人来说，那是相当不容易的一件事。需要严查几代人的出身，如果能在值班分队里工作，那可真是人人都非常羡慕不已，也是众多知青梦寐以求的。1968 年也是反修防修最关键的年份，那时候每个人都必须时刻提高着警惕，绷紧着战备这根弦。知青们除了白天要干很重的农活外，晚上两个人一组，还要到指定的地点去站岗放哨。

　　上岗的路是崎岖难走的一段土路，遇到阴雨天更是泥泞不堪相当难走。

每当空中最后一缕光明，被黑暗所吞没时，夜晚的整个连队和江边旁，没有了一丝亮光月夜空寂，所有的一切也全淹没在黑暗之中，显得那样模糊不清一片漆黑，四周更是伸手不见五指。这时候她们要去站岗，两人一组还要提着一个马蹄表，好能知道时间，两个小时换一次岗。站岗的地点是在黑龙江边的灌木丛中，下边就是波涛翻滚的黑龙江水，时而会发出阵阵的吼声，夜深人静时真的是又冷又害怕。

望着那日夜奔腾的黑龙江水和那漆黑的灌木丛林，葛晓兰告诉我：她在每次深夜去上岗时，都害怕得要命，感觉笼罩在她身旁的一切黑暗，马上就要将她吞噬了似的。整个身子都在不寒而栗。有时候突然从草丛里扑棱棱蹿出一只小动物什么的，吓得她和另一个战友，身上一激灵，头上冒着冷汗，哆嗦不停地惴惴不安，心也跟着一下子提到了嗓子眼上，怀里就像揣着一只小兔子似的，怦怦跳个不停，手和脚顿时也变得像冰那样凉。而不时地从江对岸布拉戈维申斯克"海兰泡"那个方向，出现的一颗颗散落的信号弹，吓得她俩真是毛骨悚然，声音都窒息了，整个心绷得紧紧的。面对那翻滚森森的江水，两岸黑郁郁的丛林，信号弹时而在她俩的头顶上腾空而起，随时都要做好准备，为保卫祖国的边疆事业做出牺牲。两个小时的站岗，几乎使葛晓兰都是在忐忑不安和惊吓中度过，急期盼着站下一班岗的人，把那马蹄表赶快拿走后，才能使她的心情慢慢平静下来。

1969年以后，一大批来自上海、北京、天津、鹤岗和牡丹江的一些知青，不断分到葛晓兰她们这个连队，主要是来壮大连队的实战力量。团里的领导不断来视察，来检查工作。"小五家子"的江边也不时停着师部和团部的不少小车。也使我们每个人此时的心里，都那么懵懵懂懂，怅然若失地显得不安，甚至还有不少的战友，咬破了手指写下了血书，要用自己的生命来保卫祖国，保卫边疆，保卫伟大的领袖毛主席！

各大城市一些知青的到来，给连队带来新的面貌。使连队发生了很大的变化，这些从大城市来的知青，虽然劳动了一天很累也很辛苦，但他们仍表现得那么乐观，在连队中到处都能听到他们的歌声和笑语声。也有个别的一些知青，不懂得当地生活习惯，在井台洗衣服时，随手就把洗完衣服的水，又再倒回井里去。因为这样的事，使各地知青在井边，也时不时地经常发生一些口角和打架斗殴的现象，一个个被打得鼻青脸肿，直到后来过了很长一段时间后这种现象才慢慢杜绝了。

由于连队人员不断地增多，吃住也逐渐成了连队的一个大问题，团里批给食堂的粮食开始不够吃了，司务长就安排给我们每个人吃饭定量了。那时候每个下乡的小伙子，都是正在发育长身体的时候，填不饱肚子，白天要干很重的活，晚上还要去站岗。到了半夜时，一个个的男知青，饿得肚子都咕噜咕噜地叫个不停，实在难忍。有一名北京的知青个子很高也体胖，饿得他实在受不了，就趁着半夜天黑撬开食堂的窗户爬进去，偷拿了食堂十几个烤饼吃。结果被连里领导发现后，大会小会一顿臭批，做了深刻检查还不算完事，又把他的定量也从中减少了，还被从值班分队里开除了。规定这个知青每天都得去连部报到，并安排他去干一些最脏最累的活，而且干完大田的活以后，还要去掏几个厕所的粪。

葛晓兰难过地告诉我：那个时候当她看到这个北京知青，每天脏兮兮的衣服全被汗水浸湿透了，一脸的苦衷，郁郁寡欢，精神恍惚的，见人就低着头，灰溜溜地从旁边走开。

看到这一切，葛晓兰的心里很不是个滋味儿，特别同情这个北京青年。常趁着没人看见的时候，把自己能省下的烤饼，偷偷塞到他的手中。这个北京知青当时感动得不知说什么好，眼里涌出泪水，渐次唏嘘不止，一个劲地对葛晓兰说："大姐谢谢你了，谢谢大姐，十分谢谢！"只见他拿起烤饼，三口两口，狼吞虎咽地就把烤饼吞进肚里。总算最后还好，连队几经费尽周折，查了他家的几代出身，都没有什么问题。才使这个北京知青，偷吃烤饼之事算是告了一个段落。

天波易谢，寸暑难留。多少年以后的聚会时，听到别的战友们谈起："这个偷烤饼的北京青年，在全国恢复高考以后，自学成才考上了很有名的大学，现在生活在国外。"远隔重洋的他，今天若能看到这篇文章，想必这位北京知青，定会感慨非常！浮想联翩，他的心里不知该是何等的滋味啊？

葛晓兰她们这批分到连队的当地知青，与各城市知青们的生活完全融在了一起，到食堂一起去打饭，住在同一个宿舍的大通铺上。使她们和这些从各城市中来的知青之间的友谊也不断加深。因为是值班分队，虽然没有帽徽领章，但她们每天的生活与工作，酷似军人一样。每天都要进行很多烦琐的军事训练课目，投弹、刺杀、射击……而晚上连队还经常时不时地搞一些紧急集合什么的。那时候真是把这些知青折腾得够呛，一天昏昏沉沉，紧张兮兮的。就连睡觉都得时时提醒着自己，不敢睡得太死，免得夜间紧急集合时，听不见号声起不来。紧急集合时所需要的物品：背包，干粮袋和军用水壶等，这一切都得时刻在身边准备好，以免在紧急集合时出现一点什么差错。

有一位北京的女知青，年龄比较小，那天由于干了一天的重活实在太累了，回宿舍后她倒下就睡了。晚上紧急集合号一响，她慌得不得了，迷迷瞪瞪的裤子也没提好，又在紧张中摸了别人的一双鞋，赶紧蹬在了脚上，黑灯瞎火地还把鞋给穿反了，鞋带更来不及系了，就狼狈不堪地赶快钻到了队列中。那时正值北大荒的初冬，天空中飘落着白色的小雪糁，那白茫茫的雪糁子，就像一团团的浓雾，遮盖着黑土地的那片原野。迎面从江边刮来的风，也生硬的，刮得天凝地闭寒气逼人。而这个女知青，跑了不到半里路，穿着这双十分不跟脚的鞋，吭哧吭哧地还把鞋跑丢了一只，而跑丢的那只鞋根本也就无法再去找回了。只见她一路上磕磕绊绊地光着一只脚，一、二、三、四地喊着口号，跟着队伍向前跑着，当时谁也不肯落后更不能掉队，她抹着十分委屈的泪水，啼哭了一路。紧急集合结束后，回到了宿舍我们才发现，这个女知青的右脚冻得又红又肿，而脚底下有很多处全被杂草、树根、碎石砾，扎的是一道道的口子，往外还渗着血。当她看到自己血肉模糊的右脚时，吓得在宿舍里号啕大哭起来。我们赶忙叫来了卫生员，为她包扎清理伤口，一个劲地在安慰着她。

葛晓兰告诉我说："当时她的心里真是怅然若失，极为不好受，心里也酸酸的。这些知青那么小小的年纪，千里迢迢来到遥远的北大荒，吃了太多的苦，受了那么大的罪，他们的爸爸妈妈如果在当时看到自己的孩子是这种情况，该会有多心痛，难过和伤心啊？"然而这些知识青年，从没退缩更没后悔。他们都坚定地选择了担当，不想让自己的青春就此颓废。他们把自己的青春年华和那一腔热血，抛洒在了北大荒黑土地的那片广袤的荒原上。回想起很多往事，都那么清晰的历历在目，那些戳心飙泪的每一点每一滴，都深深地印刻在葛晓兰的心里，使她永远永远不曾忘记！

葛晓兰接着还告诉我：她们的连队里有一名女副连长，是哈尔滨的知青名字叫何蕊，她是最早一批来到四连试验站的，中等个子长得很白净，说话嗓门很大，走起路来像一阵风似的，无论干什么事情，都那么爽快利落。不管风吹雨淋和在任何时候，她还总是把自己头上的那条小歪辫子，梳理得十分精神而好看。在工作中她从不叫苦喊累，而她对我们每一个战友更是关心备至。当有的战友想家了生病时，她都会过来问寒问暖，喂水喂药不停地为我们忙活着，晚上还点着油灯，经常地为我们缝补着衣裳。记得那天休息，何副连长带了两个战友，来到我"下马场"的家中，帮我妈喂猪喂牛，临走时还帮我家劈了好一大堆木柈子，而在我家却没喝一口水，也没吃一口饭，感动得我妈一个劲不停地直掉眼泪。何副连长不但关心着连队中的每一名战士，还把一些累活重活总是抢在自己的面前去干。

记得那年麦子晾晒完要入囤的时候，何副连长扛着 200 斤重的麻袋，在颤悠悠的跳板上来回地奔跑着，一袋接一袋地扛在肩上，还叮嘱装袋子的战友们给她再多添一点。就在那天，由于跳板上散落的一些麦粒，何副连长没有站稳，脚底下一打滑从跳板上摔了下来，麻袋又重重地砸在了她的身上，只见她手捂着腰，疼得脸色一阵煞白不停地冒着虚汗。当我们看到何副连长这一情况时，吓得在场的我们都惊呆了。可这时只见何副连长，大口地喘了喘气，用手掸了掸头上的麦粒，整了整头上的那条小歪辫子，扛起了那沉重的麻袋，又继续跑上了跳板。她紧咬着牙皱着眉头，只见豆大的汗珠，从她额头两侧一个劲地往下滚，可见她的腰，伤得一定很重。连长和指导员走过去劝她去歇一会儿，她坚定地回答说："不咋地碍事，没多大关系的？你看这天阴上来了，咱可别赶上雨，赶快把麦子入囤是最重要的。"何副连长就是这样忍着剧烈的疼痛，顽强地坚持着，坚持着！到了晚上她的腰疼得实在受不了，才来到了团卫生队做了检查，医生检查完告诉她说："她的腰，损伤得很厉害，已严重地影响着她今后的正常生活。而长期的腰病全积累在一起，以前一直又没有很好地得到医治，很有可能造成下肢瘫痪。"那时候的何副连长，行走已很吃力，连洗脸也洗不了，躺在床上不能翻身，大小便都不能自理，但她脸上每天仍挂着灿烂的微笑。还一再鼓励着我们，关心着我们，为连队将来的发展前景，设计着宏伟的蓝图。

看到何副连长每天这么痛苦的样子，我泪流满面，我的心也好像在流血。经团领导研究批准，最后同意何副连长回哈尔滨去治病。何副连长和我们分别的那天，天阴沉沉地飘着小雨，我扑在她的怀里潜然泪下，她抚摸着我的头，哽噎着对我说："我到哈尔滨看完病，很快就会回来的，因为我离不开你们，更离不开我朝夕相处的连队啊！晓兰小妹呀？你平时肠胃不太好，要注意多保暖，吃东西的时候平时自己要多注意，休息时回'下马场'见到你妈时，别忘了替我代问大娘好。好了，晓兰妹子，擦擦眼泪，别哭了？"我低下头擦了擦泪水，难过地望着她远去的身影，心中一片茫然。何副连长走时那亲切的语调，至今仍那么暖融融地在我心中涌动着，升华着……

后来的一年以后，我们连队的大部分人员，都调到大庆兵团炼油厂参加建厂会战去了。一直就再也没有听到何副连长的消息。时光荏苒，日月如梭，四十多年过去了不知何蕊大姐你现在哪里？你现在的晚年一切生活得可好？你的晓兰小妹妹，时刻都在日夜思念着你。你知道吗？多少年来，我的心已和这些知青战友们结下了深厚的情感，难忘的战友情，是黑土地上旷世的节奏，是兵团战友生命之花的绽放，也是苦难岁月结下的情愫。那茫茫的黑土地，以我们的情结感天动地，战友之间的情缘，也震撼着山河！葛晓兰最后告诉我说："她非常怀念那个特殊的年代，有苦，有乐也有甜，那个年代造就了一批知青的非凡人才，为这片神秘的黑土地，付出了最宝贵的青春芳华。而北大荒垦区的人们也将永远不会忘记他们。"

辑二　京华的情愫

我爱京西枫叶红

我生长在北京，更爱北京西山的枫叶红！

深秋天空是清新脱俗的，瓦蓝瓦蓝的天幕犹如一汪碧海，透明透彻撼人心魄。白白的云朵如雪似霜，一片片、一朵朵，堆积叠加在一起，搭肩接背、心手相牵，酷似情人般亲切如蜜甜。在这片空旷圣洁的天堂里，不时有雁声阵阵、雀鸟翻飞。蓝天白云之下，一块块田地犹如豆腐块般纵横交织，罗列排满。绿的如翡翠，黄的似金闪，浅的似迷雾，深的似海畔。你看那纵横交织的田园中，勤劳的农家人正在秋收秋忙，把金秋的丰收梦装进家中的粮囤粮仓！

穿过这片片树林，爬过西山八大处土坡，迎面而至的便是一片通红似火的枫叶林了！特别是每年深秋过后，阵阵凉爽宜人的秋风吹来，这里犹如音乐的天堂。你若有心侧耳细听，"唰唰唰，哗啦啦！"一阵强过一阵，一波未平一波又起。不知情者，以为这里有片世外秋水呢！

站在八大处举目远望，层层叠叠，密密麻麻，犹如团团熊熊燃烧的烈焰，把整个山洼都染红了！红得如此鲜艳，红得如此透彻，真叫我沉醉其间！

沿着山坡而上，缓步走至近前，仔细观看：那层林尽染的红叶，犹如身披霓裳红衫的少女，亭亭玉立，在秋风中婀娜多姿，扭动着柔美的腰身，无不令人心动！枫林中，不时传来阵阵鸟鸣。鸟鸣伴着风声，风声合着枫叶声，交织糅合在一起恰似一曲优美动人的重奏！我被耳边这优美动人的重奏乐打动着、沉醉着，似乎有种只愿沉醉其间不愿醒的情怀！

望着西山这片火红鲜艳的枫叶林，不仅让我想起了唐代诗人杜牧《山行》的"停车坐爱枫林晚，霜叶红于二月花"。是啊！这片绯红如火的枫叶林，美得如此醉人，美得如诗如画，美得胜过二月之花！

每每秋雨来临之时，如潮来潮涌。潇洒飘逸，淋漓尽致。如豆粒般大的密集雨点从天而降，如锣似鼓，更似万马奔腾，如此的唯美壮观！秋风中，斜织成一条巨大的雨帘。阵阵秋雨敲打在枫叶上，又瞬间滑落地面，把片片枫叶冲刷得更加鲜艳明亮！雨停了，风住了，一轮秋阳爬上中天。秋阳下，这片枫叶林彰显得更加璀璨夺目，熠熠生辉！我不禁长叹一声："好美的枫叶林，你永远是我心中最美的金秋童话般的世界！"

京城国槐玉树风

　　国槐，是我国传统的栽培树种。早在两千多年前的《山海经》和其后的《本草图经》中已有关于国槐的很多记载，并从秦汉时期开始就被作为行道树使用。自周代以来，槐与官结缘，槐象征着三公之位，举仕有望，家槐天下。古人常以槐指代科考，考试的年头称"槐秋"，举子赴考称"踏槐"，考试的月份称"槐黄"。

　　唐宋时，民间有谚："槐花黄，举子忙。"在民间还有"门口栽棵槐，财源滚滚来"的谚语。国槐在民间又叫笨槐，与刺槐相比，它不仅生长缓慢，而且花期也晚，一般到每年的 7 月中下旬才开花，花繁叶茂一直要开到秋天以后。从整体颜色上看，它显得深沉黯淡朴实无华。国槐尽管个头不是很高，但寿命很长，可与松柏树相媲美。

　　7 月下旬的首都京城，流火炎炎，蝉鸣声声。热浪翻飞，国槐怒放。笔直宽阔的柏油路两旁，栽满了一排排苍劲挺拔的国槐树。尤其是我家附近师范大学和邮电大学马路两侧的国槐树，一直延伸到政法大学至西直门。那浓密而错落有致的树杈，圆形茂盛的枝叶，在明媚灿烂的阳光下，绽放着一串串白里鹅黄的花朵，散发着幽香，国槐又像一个天然的大帐篷，为学子们遮风纳凉。淡雅清香的国槐树犹如一位位青春四射的少年郎，向着天空伸展着自己健硕的腰身，浑身上下洋溢着青春的气息！它们在烈日下昂首挺拔，它在夏风中摇曳多姿，它在夏雨中风情万种，而月光下国槐树的叶子是那样葱茏，枝干如此粗壮，远远望去多像顶天立地的巨人，它蔓延着，汲取着深层土壤的营养，它知道根深才能叶茂，唯有努力夯实基础才会有触碰天际的翅膀，仿佛在告诉学子们早日成为祖国的栋梁，为我们伟大祖国的建设献出一份力量。

　　在 7 月酷暑毕至的日子里，马路两旁的国槐树曾经为多少过路行人避暑纳凉。茶余饭后又有多少老翁老妪手摇蒲扇在国槐树下谈天说地，论及家常。

那满树雪白苍翠的槐花，犹如雪落九天，更似玉坠银河。寻着那股淡淡的槐花香让人无不浮想翩翩，感慨万千！一种浓浓的乡土情结溢满了我的心头。我每次出行都要骑车从它的身边经过，对它的稔熟情结可谓不言而喻！它的花虽然有些毒性，但它的果实槐米作为一种药材却备受青睐。

国槐的生命力是顽强的。一年四季国槐历经风吹日晒，饱经日月沧桑，依然在盛夏时节倾情怒放。它扎根于贫瘠的土壤，汲取着生命繁衍生息的血脉，经历严寒酷暑，却从不曾向恶劣的生存环境低头，它总是粲然笑对蓝天，演绎着属于自身的那一份精彩。当人们在你们的庇荫下谈论人生，又话桑麻的日子将一去不复返后，又有多少青年男女在你的绿荫下演绎人间最美的爱情故事！

它从未苛求更多的水、阳光和空气，也不须施肥浇水，它的生长开花结果都是自然而然的事情。看到一些人们用竹竿采摘含苞欲放的槐米，国槐也从不稍存愧疚。最后只剩下褐色的光秃秃的枝干直指苍穹它也寂然无语，仍去剖白着自己的一片冰心。来年夏日，栉风沐雨、饱经沧桑和坎坷的国槐树又会在夏阳的炽烈中绽放着它生命的粒粒花苞，释放着它生命的缕缕幽香。

宋代诗人苏轼曾对国槐吟诗高度赞扬：

忆我出来时，草木向衰歇。高槐虽经秋，晚蝉犹抱叶。淹留未云几，离离见疏荚。栖鸦寒不去，哀叫饱啄雪。破巢带空枝，疏影挂残月。岂无两翅羽，伴我此愁绝。

国槐不仅见证了首都北京的百年历史风华，更谱写了人间最美最真实的故事和人生！

我爱你，首都的京城之树国槐！

国槐树，你不仅见证了首都京城的经济建设发展的水平，更记载了首都人民生活的最真实的心路与历程！

初春的景山公园

2月末的春风柔柔拂面，2月末的阳光温和而不燥，照在身上使我们感觉有透心的舒坦。我和爱人、女儿兴致勃勃地来到景山公园，去欣赏景山公园初春的美景。

虽然草木还没有发芽，但冬奥会的热情仍在人们心中荡漾。冰墩墩、雪容融张开了它们的笑脸在欢迎我们，中国红的灯笼挂满了景山公园的树枝上，柳枝和迎春花已露出鹅黄的苞蕾，一百多年挺拔伟岸的白皮松，布满了景山公园显得更加郁郁葱葱。再看那些兴高采烈跳广场舞的大爷大妈，彩扇飘逸，精神抖擞，歌声四起，为初春的景山公园增添了更多春的诗意。

阳光暖洋洋地照在大地上，让我曾记忆犹新的是清朝康熙皇帝那一首《景山春望》"云霄千尺倚丹邱，辇下山河一望收。凤翥中天连紫阙，龙蟠北极壮皇州。烟生沆瀣春初丽，露湿芙蓉翠欲流。却向间阎看蔀屋，崇高还凛庙堂忧。"把景山公园描绘得入木三分，栩栩如生。

景山公园地处北京城的中轴线上，占地23公顷。南与紫禁城的神武门隔街相望，西邻北海公园。景山山高42.6米，海拔88.35米，是北京城的最高点。登临景山公园的"望春亭"可俯视全城，那金碧辉煌古老的紫禁城与今天现代化的北京城全貌尽收眼底，像一幅神奇的油画富丽堂皇，笔底春风无比壮观。

景山公园位于故宫北面，为元、明、清三朝御苑，是一座环境优美、历史文化浓厚的皇家公园，向广大人民群众开放，延续至今。1957年被定为北京市重点文物保护单位，2001年被列为全国重点文物保护单位。

初春时节的北京，艳阳普照，惠风徐徐，一派春和景明！我和爱人、女儿在这初春时节，光顾景山公园心情感到无比舒畅。迈步于园内那树木葱郁，亭楼阁宇，巍巍气派，美不胜收。登临高耸的"万春亭"俯瞰全城，远处景观悉数尽显。景山历史的建筑巧夺天工，无不令人叹为观止。既有山阳处，依山脚而立、坐北朝南、黄琉璃筒瓦歇山顶、重阔五间、进深三间的绮望楼，又有一览众山小的万春亭，黄琉璃筒瓦顶，绿琉璃筒瓦剪边，四角攒尖式，三层檐。从"万春亭"上，可以南看故宫金碧辉煌的宫殿，北看中轴线的钟鼓楼，西看北海的白塔，视野开阔。全园坐北朝南，红墙黄瓦围墙。先后绿化建成了银杏园、海棠园、牡丹园、桃园、苹果园、葡萄园、柿子林。园内花卉草坪占地 1100 平方米，有树木近万株。

站在"万春亭"上向北看到的是景山公园内的"寿皇殿"古建筑群，这里是清代皇家祭祖的庙堂。"寿皇殿"曾经供奉从康熙至光绪八代帝后的画像和牌位。望着"寿皇殿"那檐下明间悬满汉文寿皇殿的木匾，我思绪万千，心潮起伏。

我对爱人和女儿说：你们看到那恢宏的寿皇殿了吗？1958 年 8 月，原文化部和文物局指示，将景山的寿皇殿院内全部建设为北京市少年宫使用，由少年宫拆改修缮。从此那里成为北京市少年儿童欢声笑语、童声飘荡的中心。我是 1963 年 7 月被老师推荐到了少年宫的合唱团，在那里度过了两年多的幸福童年。

我在那里曾见到过郑小瑛、秋里、刘炽、严良堃等著名的指挥家，见到过很多歌唱家和舞蹈家，参加过多次北京市举办的庆祝活动。在首都机场欢迎亚非拉外宾时，我还领唱过《我的歌声快快飞吧》。那悠扬动听的歌声在首都机场上空飞扬，传遍了四方。我在少年宫近两年的学习时间中，收获甚多，学到了很多的知识。

经常在收音机小喇叭中为小朋友讲故事的孙敬修爷爷，我们在少年宫里也经常见面，曾和孙敬修爷爷多次在中央人民广播电台录制过节目。而我还没有继续在少年宫合唱团进一步学习更多的知识，那一场突如其来的疾风暴雨就降临了，北京市少年宫从此也就关上了大门，我也结束了自己放歌似水的多彩童年。我爱人和女儿被我所讲的这些深深地感动。女儿真切地鼓励我说："老爸你一定要把自己的晚年过得更好，健康幸福地去生活，发挥自己的余热，去写出更多精彩的文章。"

　　我的目光慢慢地移开了思忆沉沉寿皇殿。走到了景山公园的南坡下，看到立有两块石碑：明思宗殉国处碑和明思宗殉国三百年纪念碑。这里是明朝最后一个皇帝崇祯，在李自成率领农民起义军攻入北京城时自缢身亡的地方。当年崇祯皇帝自缢的那棵歪脖子老槐树早已不复存在，我们现在能看到的歪脖树是后人移栽过来的，不时吸引众多游客在这里驻足凝思。

　　景山之地绿荫植，绿被覆盖遍地铺。修身养性好去处，景山美景世长驻。今天的景山公园，作为北京的重要旅游景点之一，不仅在向世人展示着其美丽的风景和雄伟的外貌，更展现了景山园林深厚的历史文化内涵！以及我们伟大祖国建设历程的累累硕果，新世纪创业道路的前程似锦。祝愿我生活的北京，祝愿我们的祖国更加繁荣走向辉煌！

荷塘夕照圆明园

这是根据我外孙子王浩玮的原邮电大学幼儿园郭威老师，在圆明园拍摄的一幅夕阳残荷图的照片，看到这幅栩栩如生的画面，使我有感而发创作了这篇散文：

几日前的一场秋雨，带来了阵阵寒意，而大地也终将迎来暮秋的痕迹。暮秋之时的圆明园，被雨水冲刷后显得格外清静。漫步圆明园即身处历史之中，游览每一处痕迹都好似在与历史交谈。郭威老师缓步行走，唯恐自己的步子太大，惊扰着"历史"的清净，她将一切都收入了眼底、收入了心里，想象着一百六十年前的模样。

走着走着郭威老师眼前出现了一片荷塘，美不胜收，她赶紧用手机拍下了这张圆明园残荷夕照图，此时正是落日、荷塘、在同一条线上，美景偶然，也只有偶然之人才能看见。诚然观荷最佳的时节应是夏季，可暮秋观荷也别有一番滋味。秋风拂过，塘面泛起涟漪。荷塘的颓枝败叶，被秋风吹拂得发出摩挲的声响，虽是枯叶残蓬却仍显清风秀骨。不堕污泥的残荷，在生命尽头仍呈现出另一种美感和精致，掩映这一塘池水中。

淋漓墨色点缀得莲蓬仰头直上，秋日残荷茎秆挺拔伸长；斑驳的荷叶像一条旧时的褶裙，伴随着一池莲蓬零星地挺立在圆明园的池水之中。落日下的夕阳残荷，昔日的中通外直，不蔓不枝，亭亭净直，待繁华褪去只剩在风中的摇曳，那辉煌无比的一切都随记忆而隐去。

郭威老师站在岸边，静静地看着余晖下那一池湖水里的残荷，凋零得不剩下几瓣儿，那一坨坨荷花茎叶也散落在秋风中。看着看着，突然一股颓败的味道涌上了郭老师的心头，淡淡的难以言表。她只感觉那数九寒冬万物萧瑟的景致，仿佛也已离此不远了。唉！秋天总是让人有太多的伤感。

落日余晖；枯枝败叶；岸边观荷的郭威老师心想，此时若是有画家在此，一定会赞美这是一幅绝美的画作。可惜夕阳即将落山，而残荷还不知有没有明日。残荷那枯微的枝条和飘曳的枯叶，在淡淡的荷塘夕照中，淘尽了季节喧哗的色彩，淘尽了对逝去生命的追悔和对旺盛生命力的眷恋，同时也是对新的未来的一种渴望，萧条、孤寂而静美。她在默默地等待，用积蓄的力量，在荷塘夕照下邀请郭威老师明年来看："小荷才露尖尖角，映日荷花别样红"。

其实人生与这满池的荷花又何尝不是相似的呢，人生往往也要经历绽放与衰败两重境地。有悲欢也有离合；有欢娱也有烦痛；有生也有死，"于浩歌狂热之际中寒，于天上看见深渊。在失败沦为龌龊时不馁，在成功获得眼球时不傲，干得了大事，忍得住寂寞。"

余晖散尽，今天即将结束，新的一天就要开始了，生生不息的生命就是这样在延续，使我看到郭威老师拍的这张 圆明园荷塘夕照图，更感有唯美的遐想和深远的一种意境……

踏青北京植物园

人间最美四月天，暮春之初，清明之际，春光如绚，春色诱人，我携同爱人、女儿有幸光顾了北京植物园。

北京植物园位于京西香山脚下，占地面积 400 公顷，隶属北京市公园管理中心，是一个集科普、科研、游览等功能于一体的综合性植物园，是国家级 4A 级旅游景区、中国野生植物保护科普教育基地、中国青少年科技教育基地、中央国家机关思想教育基地、北京市首批精品公园。园内引种栽培了 6000 多种植物，包括 2000 种乔木和灌木、1620 种热带和亚热带植物、500 种花卉，以及 1900 种果树、水生植物、中草药等，是中国北方最大的植物园。其中以美国前总统尼克松赠送的美洲红杉，日本前首相田中角荣赠送的樱花，斯里兰卡前总理西丽玛沃·班达拉奈克赠送的菩提树等而著称，清朝末代皇帝溥仪晚年也曾在此工作过。

我们迈步于植物园内，一股淡香扑鼻的花香氤氲而至，举目远望更是五彩缤纷，秀色夺目。桃花、山杏、迎春、丁香、海棠、枸子、木兰、樱花、榆叶梅等，它们沐浴着春风，吸吮着春光，把自己最美丽的模样展现，红的似火，粉的似霞，绿的如水，白的似云，紫的浓郁，黄的如烟，蓝的如天，橙的碧透，各种颜色如同铺展在一幅五彩缤纷的春之韵画卷上的泼墨涂鸦，湖边溪水叠落，仿佛是一幅美丽的山水画卷，真乃妙笔之作，天作之合啊！

银杏树、松柏树、槭树、椴树、杨柳树、悬铃木、麻栎、泡桐、樱桃树等各种树木葳蕤挺拔，披绿挂翠，婀娜多姿，一派生机盎然。远远望去，更似千顷碧波、绿色海涛，在春风中左顾右盼、摇曳生辉，无不给人一种布局千帆阵、胸纳百万兵的声势与豪壮啊！

我和爱人、女儿，踏着石径循步渐进，眼前春风徐徐，一片片粉红的山桃花和榆树梅，仿佛经过了岁月生命能量的积聚与潜藏，在植物园中盛开绽放，是那样妩媚，那么灿烂，又是如此的轰轰烈烈。望着植物园不少枝头挂满的那朵朵樱花，层层叠叠美如云霞，犹如置身于花的海洋中，扑面迎来的是一阵阵浓郁浪漫的鸟语花香。

当我们走进栽种玉兰花的山坡旁，让我们真正体会到"净若清荷尘不染，色如白云美如仙，微风轻拂香四溢，亭亭玉立倚栏杆"。植物园那一棵棵高大浅褐色的玉兰树，素装淡雅，晶莹皎白，远远望去就如一只只散落纷飞在树上的一只只美丽的白蝴蝶，如削玉万片，晶莹夺目，散发着阵阵清香。

踏青在植物园中，给我们一种仿佛走入世外桃源的惊喜和神奇。假山、怪石、竹林、名胜古迹更是繁繁点点，错落有致。卧佛寺、梁启超墓、曹雪芹纪念馆、樱桃沟、隆教寺等，更是凝聚了中国古代劳动人民的心血与智慧。设计别致，造型独特，匠心独运，巧夺天工！

植物园卧佛寺内的铜铸释迦牟尼卧像，身长 5.3 米重 54 吨，在铜像周围环立着十二尊塑像，是十二圆觉。这尊塑像表现了释迦牟尼临终前向弟子们嘱咐后事的情景。梁启超墓是由梁启超之子，中国著名建筑学家梁思成设计，墓园背倚西山，坐北朝南，北高南低，东西宽约 90 米，南北长约 100 米，面积 4300 平方米，四周低矮石墙环围，墓园内松柏苍翠林立，无不给人一种庄严肃穆，气势壮观之美！

"孤标傲世偕谁隐，一样花开为底迟，偷来梨蕊三分白，借得梅花一缕魂。"这是一代文豪曹雪芹先生在《红楼梦》中的一腔表白。

我和爱人、女儿，顺着植物园石径蜿蜒的石板小道，不知不觉行至曹雪芹纪念馆。那翠竹假山一侧，一代文学巨匠曹雪芹的石像萦人耳目。众所周知，曹雪芹是我国一位伟大的文学家，创作了家喻户晓的四大名著之一《红楼梦》那矮篱环护，石径蜿蜒，鸟语婉转，别具一格的景致，是为了表示对一代文学大师的敬仰之情。

《红楼梦》问世以来火了两百多年，而曹雪芹晚年生活的黄叶村却异常冷清。西山脚下的黄叶村宁静而安详，那十几棵粗粗的枣树，在古槐蔽日下，留存着曹雪芹的身世和足迹。曹雪芹（1715 年），生于南京织造世家，在他十三岁时，其叔父曹頫因经济亏空案被抄解归京。几经搬迁后，于乾隆九年左右（1744 年），回到了香山正白旗祖居，曹雪芹在这里过着清贫的生活，并遭中年丧妻、晚年丧子之痛。

自 18 世纪中叶《红楼梦》问世以来，曹雪芹的家世生平，以及他著书黄叶村的村址居所，一直是红学家和红学爱好者探索的课题。1971 年 4 月 4 日，在香山地区正白旗村 39 号，发现了一座带有几组题壁诗的老式民居，被部分专家认为是曹雪芹著书之所。纪念馆中陈列着与曹雪芹和《红楼梦》有关的许多实物资料，把原来的题壁诗重新进行了临摹复制，并按原状展出。

黄叶村中林木葱郁，绿草如茵，环境优美而清静。村内不仅设有"河墙烟柳""薛罗门巷""竹篱茅舍""柴扉晚烟"等景点，还有茶馆、酒肆、古墩、石磨、水井和屋后的菜地，四处是一派悠闲的乡村，田园风光令人陶醉。北京植物园内曹雪芹纪念馆独具的自然和人文景致，吸引着无数文人墨客纷至沓来赋文泼墨。

望着一代文豪曹雪芹的雕像和那古香古色曹雪芹晚年居住的四合院，我心潮起伏，浮想联翩。正是：世事洞明皆学问，人情练达即文章。我的头脑中一直在回荡着曹雪芹著书的过程，让我肃然起敬，钦佩而遐想。

《红楼梦》则是中国古典小说的巅峰之作，具有前无古人、后无来者的地位。《红楼梦》是一部悲剧，大师曹雪芹的一生也是一个悲剧。我想如果没有曹雪芹的个人悲剧，也就不可能创作出《红楼梦》这样杰出的文学作品。所以说《红楼梦》在中国文学史上有一种里程碑式的意义，更是一种哲理上的思考，起到了引导我们后世人的作用。

踏青山花烂漫的北京植物园，让我心旷神怡，也使我学到了更多的知识。在这万物复苏的春天，鸟语花香的季节，走在花的天堂北京植物园，让我的心似乎得到了更多的释放，我感到春天的强烈与希望。

园林师们用各种图案设计组成的郁金香的花卉苗圃正含苞待放。造型美观的风车，七个小矮人，拇指姑娘的故事，也正在为我们演绎着美好的佳话。海棠依旧繁花似锦，正等着大家去欣赏。这些生命的希望也给我内心带来了震撼，让我对美好的明天更加充满了无穷的希望！

玉渊潭赏樱花

4月，在万物复苏春暖花开的时节，阳光洒在我们身上暖暖的，我和爱人、女儿伴着太阳露出的笑脸，来到玉渊潭公园，观赏樱花盛开的美景。片片雪花飘未飞，妆成玉树报春回。清白一身本雅洁，偏招蝶绕蜂儿追，和西门那醒目的牌匾：京城柳初绿，玉渊樱已红，让我们兴奋不已。

玉渊潭公园，是国家4A级旅游景区，位于海淀区西三环中路。东门与钓鱼台国宾馆相邻，西至西三环中路与中央电视塔隔路相望。南门在中华世纪坛正北，北接海军总医院。东西宽1820米，南北长1106米，总面积136公顷，其中水域面积61公顷。金代，玉渊潭公园是金中都城西北郊的风景游览胜地。辽金时代有封建士大夫们追求隐逸雅趣的"养尊林泉""钓鱼河曲"等风景名胜点。

在乾隆三十八年，浚治成湖，以受香山新开引河上水，又在下口建闸，俾资蓄泄湖水，引河水由北京的三里河达阜成门之护城河。新中国成立以后为了配合永定河引水工程，在旧湖的南边挖了一个约10公顷的新湖，形状如葫芦形，定名玉渊潭，又称八一湖。玉渊潭的湖泊也是北京城市河湖供水的重要枢纽之一。

乾隆三十八年（1773年）在这里修建了行宫，至此让其成了皇家独享的园林。直到新中国成立以后的1960年，北京市政府正式将其更名为玉渊潭公园并向市民开放，也成了市民休闲的娱乐场所。

在2016年1月玉渊潭东湖湿地公园，获得北京市园林绿化局的批准，成为首都中心城区重要的城市湿地，规划面积约35公顷。依据湿地的规划，此处绿篱生态围挡包含湿地展示区和保育区范围有8公顷。自玉渊潭东湖湿地公园成立至今，园内的生态环境质量明显提高。每年的3—5月，鸳鸯、夜鹭、翠鸟等，许多湿地鸟类在此繁殖，鸟种数量由原来的26科68种增加到目前的39科120种，良好的湿地生态环境既是野生动物的乐园，也是我们城市人们享受生活的绿色福祉，也承载着市民们休闲娱乐和科教的场所。更充分体现了绿水青山就是我们的金山银山的伟大理念。

玉渊潭公园从1989年起举办樱花节，到今年已举办33届了，时间通常是从3月20日始，至5月底结束。游客们可以欣赏到40多个品种近3000株樱花。春风燃情玉渊潭，樱簇枝红若云烟。绿荫铺水映桥塔，满目春色尽收怀。暮春4月，我和爱人、女儿，有幸光顾玉渊潭公园，并欣赏那红若云烟的樱花。漫步在园内，一种醉人的美让我们眼花缭乱。鸟儿鸣唱，绿柳垂岸，清潭荡漾，卧桥如龙。站在拱桥之上，微风拂目，心境释然。举目远眺中央电视塔巍然屹立，直插云天。蓝天白云之外，春光普照，白云飘飘，甚是美丽壮观。俯瞰桥下，蓝天与清澈的湖水交相辉映，水天一色之美尽收眼底，附近的花草树木、塔舍楼阁，更似一幅水墨丹青的图画倒映在玉渊潭的湖面上。

我们走过了桥畔，迎面而至的是那粉红如黛、红若云烟的一株株樱花。一阵微风吹来，阵阵清香扑鼻，那花香令人倾醉痴迷，犹如喝了樱花酒一般，让人不知归途。一簇簇、一团团盛开的樱花，更似少女粉红迷人的笑脸，让人禁不住有种想向前抚摸与亲吻的冲动。再看身边那些拥挤不堪的人群，或站或扶，或笑或侃，留影拍照，如获至宝般当作33届樱花节此行的永久记忆！

还有的樱花似白雪，洁白无瑕，一眼望不到边！站在树下，蜂蝶嬉戏，娇艳欲滴，在周围绿树的映衬下，白绿相间，相映成趣，让人不禁感慨万千，更是醉人心头！难道这是九霄云外的千层白雪飘落人间？充满了几分神秘与神奇！那漫天的樱花纷纷扬扬地撒落到地上，留下一地的粉色，阳光也为樱花镀上了一层温柔的金色，真是绚烂无比。

我和爱人、女儿，沐浴在4月春风的暖阳里，赏樱之余静坐湖边小憩。观湖水中嬉戏的鸳鸯、绿头鸭，玉渊潭公园如锦缎似的湖面闪着银光。岸边那依依翠柳，又好似少女飘逸的长发倒映水中，点染诗情画意，不仅让人心生感叹"世上竟有如此醉人的人间仙境——樱花园！"

樱花在盛开的季节里，如云似霞，风轻轻一吹，樱花便纷纷落下，如同一片片粉红的云霞降落于人间，樱花啊，你是春天散落人间的天使，唯美而纯净，淡雅而富有诗意。樱花啊，你飘向我的心海，你像我梦中的白桦树一样，是那么的美丽潇洒，你像北大荒黑土地的那些印痕，记载着我的青春《那一片遥远的山林》让我去永远回忆那些难忘的故事……

月季花香溢京城

五月的阳光最明媚，五月的山水最撼人，五月的天空像千万条霞锦，编织的一幅彩图，风光璀璨，艳丽夺目。作为首都的北京，风景自是不少。可最艳丽当属五月的月季花。

京城的三环、四环之内，不论是马路边上、还是公园内各种娇艳清香的月季花争奇斗艳，芬芳馥郁。似火一般的红，宛若烈焰，烘托着人们的万丈激情；云霞一般的粉，更如香脂，让人倾醉痴迷；飞雪一般的白，恰似霜花，诗情画意灵韵再现；铜一般的黄，胜过油菜花，清新明快勾人魂魄。

远观如一片花海，彰显着无比壮阔。夏风拂来，波涛荡漾、雄浑豪迈。近瞅芳香四溢，犹如一潭花酒，无不令人醉意绵绵。在烟火匆忙的人生旅程中，若能踏步赏花、诗书人生，那更是一件可遇不可求的事情。

从三环通往四环的八达岭高速公路（京藏高速）的双向车道上，络绎不绝的车辆有序行驶。它展示着现在人们生活得紧张忙碌和有条不紊……高速公路两侧护栏上爬满了整整齐齐的月季花树，在阳光的照耀下绽放着幸福的笑脸，它们色彩艳丽，五彩缤纷，点缀着现在人民生活的美好。给我们带来赏心悦目、心旷神怡的感叹：在改革开放的引导下，今天人民的生活越来越好，社会的福祉越来越高，我们的生活充满了阳光更加无比精彩……我们奋发图强，携手前行，共同创造着美好的未来，人和大自然和谐相处。五月的鲜花开遍原野，开遍了京城，绿水青山就是金山银山！

从三环路通往四环路健翔桥两侧以前破旧的人行道，现在修建得焕然一新，修建后的道路更加宽敞明亮，沿着道路两侧顺势而下，那里一片片的草地绿化得巧夺天工，那大片的月季花卉，在每年立夏时节竞相绽放，而三环四环路上的月季花最为引人注目，它们就像花仙子那样美丽，花丛中的小蜜蜂为它在伴奏，美丽的小蝴蝶在为它伴舞，那散发着沁人心脾的清香，引来很多路人观赏和拍照；那清雅的香气轻轻慢慢地散开，隔着很远就能闻到那股幽香，你若寻香而去，月季花的香气更是浓郁扑鼻，每一缕香风都是那么令人陶醉。

月季花在每个季节里都会绽放新颜，它的那种顽强值得我们去学习，月季花它不争春，不夺夏，不和秋菊去比艳，月季花的花期很长，月月都能开花，它不但花美味香，而且适应性很强，无论是在严冬还是在酷暑，它都能顽强地生长，把它强大的生命力展现给了我们。

放飞梦想，雅致生活，我想做人也要像月季花那样，不管风吹雨打，都要努力绽放。不管岁月轮回，时间飞转，都要迎着太阳去拔节！

月季花啊！你犹如一幅优美的画卷，始终勾人魂魄、引人入胜！

月季花啊！你犹如一位位妩媚多姿、楚楚动人的少女，让人望而却步，却心驰神往！

月季花啊！你更似一本厚重的书，蕴含着人生的哲理！花开四季，香满京城！

圆明园赏荷花

夏日的一场雨刚刚下过，雨水清洗过的天空湛蓝透着宁静，飘着丝丝的白云，像碧玉一样澄澈。我携爱人和女儿，高兴地来到圆明园去赏荷花，这已是北京圆明园举办的第二十七届荷花节了。

走进圆明园，望着那一池池湖中盛开的荷花真是沁人心脾。夏日的京城，艳阳高照，蝉鸣铿锵。时不时地，夏风在我们耳边拂过，别有一番滋味。虽然今年有些意外，但人们仍没有错过这一年一度圆明园的赏荷节。

圆明园占地350多公顷，其中水面面积约140公顷，陆上建筑面积比故宫还要多1万平方米，总面积等于8.5个紫禁城，也是清代五朝皇帝"避喧听政"之所。春之柔美，夏之炽烈，秋之成熟，冬之庄严，年复一年周而复始地装点着这座古老的园林。一眼望不到边际的福海，庄重威严的正觉寺，曲径通幽的别有洞天……赏不尽的美景，品不完的历史。皇家御园圆明园因水而活，而水上荷花则是圆明园的夏季之魂。乾隆皇帝曾有诗赞："香远风清谁解图，亭亭花底卧双凫。停桡堤畔饶真赏，那数余杭西子湖。"

经过几十年的经营和建设，今天的圆明园遗址公园内荷花种植面积共计1000余亩，品种近400种，如大洒锦、小佛手、黄郦、翠柳、钗头凤、粉娃莲、中国红、万维莎、粉千叶、红牡丹、杏花春雨、一丈青等各种造型独特的荷花品种应有尽有，一应俱全。拾级而上，偌大的荷塘宛似一张偌大的绿网浮在水面。夏风拂面，阵阵溢人的荷香氤氲而来，撼人心扉、勾人魂魄。湖中的荷花有的已经怒放多姿，有的正含苞待放；有的亭亭玉立犹如情窦初开的妙龄少女，有的相簇相拥宛若情人拥抱。红的似火，粉的似霞，青的如碧。绽开的花瓣簇拥环璧，青绿的荷叶在骄阳下油光可鉴，光彩夺目。硕圆宽大的荷叶酷似一把倒立的大扇子漂浮在湖面上，镶嵌在这一幅水墨油画中央，不仅令人感慨万千，遐想翩翩。

此情此景惬意舒心，绿叶丛中，娉婷的荷花好似沐浴之后的少女，娇艳含羞。时不时地传来淡淡的幽香淡雅的清纯，荷花是那样的雅洁、那样的妩媚、那样的迷人。

我随爱人和女儿，在兴高采烈地赏荷览胜之际，突听身后传来一阵"扑扑腾腾"的声响，让我们迅速扭头转身注目，啊，原来水中有很多只野鸭、水鸡、鸳鸯和黑天鹅在戏荷而舞。我们随波继续前行，各色争相怒放的荷花瞬间跃入我们的眼帘，让我爱人和女儿，不禁长嘘惊叹，世上竟有如此美艳惊人的世外荷花园。闻着那阵阵沁人心脾的荷香，哼着抑扬顿挫的心音小调，那种悠然自得的美好与惬意赛若天上的神仙一般。我们坐在开通赏荷路线的大船上，犹如人在画中游，荷在水中嵌。此时此刻，不仅让我想起了南宋诗人杨万里的那首《晓出净慈寺送林子方》："毕竟西湖六月中，风光不与四时同。接天莲叶无穷碧，映日荷花别样红。"

我和家人在圆明园赏荷的途中，正巧遇到了分别多年我原工作单位，牡丹电子集团公司的经理李立，我们谈笑风生，紧紧握手，心情非常激动。李立经理把圆明园的荷花拍摄得亭亭玉立，美不胜收，他不停用相机在捕捉稍纵即逝的现实，成就了大自然的美妙，也成就了身体和我们心灵的快乐！

在赏荷花的途中我们看到了，中央美院，徐悲鸿美术学校，还有不少业余的画者在湖边认真地作画写生。他们画出了在绿叶丛中的一枝荷，亭亭玉立，像娇羞的少女，满脸绯红，微微向人们含笑，把圆明园波光粼粼的湖面点缀得更加灿烂夺目，好似一个个披着轻纱在湖面沐浴含笑的仙女，嫩蕊凝珠，盈盈欲滴，清香阵阵。真是"出淤泥而不染，濯清涟而不妖"。

不知不觉间已夕阳西下，鎏金的红霞染满天际，再看这片万园之园中的荷塘，宛若镀了金，铆了银一般格外的耀眼，分外地炫人耳目。圆明园的盛夏，也因这片荷花而镀上更加耀眼的光环与知名度！

牵牛花

牵牛花，又叫喇叭花，因为它的形状非常像一个小小的喇叭。牵牛花与旁的花不同，旁的花大抵是春暖才开，至盛夏炫耀着激情，有的甚至开不了多久就凋落了。可它却不一样，偏偏选在夏暮金秋时绽放，它具有极其顽强的生命力，即使遇到狂风骤雨，也无所畏惧。

山中的牵牛花缠绕在树枝上，一圈一圈地绕着，不再是细嫩的枝条，花与叶和谐相处。在一条枝上绿色的叶缠着红色的花，紫色的花，蓝色的花，白色的花……我漫步在原野山间的小道上，目光所及那一片五颜六色的花海，竟还有生机盎然的意味。

思绪横飞，记忆把我带回到了许多年前，那时候我家住的地方还没有修起马路，也没盖起高楼，甚至连一条像样的水泥马路都没有。我不知道村落如何发展，我也不知道脚下这片大地上曾经发生过什么，只有篱笆旁栅栏上缠绕的那生机勃勃的牵牛花是生活最好的见证。

我跟跟跄跄地行走着，几十年的时光飞逝而过。从少年走向晚年。现在的城市高楼四起、宽阔的马路车来人往，祖国多年的变化发展，一切都是欣欣向荣的模样，只是自从我搬到高层楼上以后，就再没见过牵牛花。

初秋时节，我和家人一起来到野三坡游玩，那清清在我身边流淌的拒马河，草木茂盛的树林，被雨水洗刷的天空，以及飘着朵朵白云、天边的彩霞，向往的微风——这一切都使我心旷神怡。在不远处的山坡上我又看到了盛开的牵牛花，它枝蔓青嫩却坚韧，花儿朴素无华。丝丝小雨点点滴滴落下，雨滴落在牵牛花的花瓣上晶莹剔透，使得那小喇叭样的牵牛花更加鲜艳明媚，惹人怜爱。一到傍晚，牵牛花就屏住气息悄悄地成长，在夜晚静静地汲取营养。以备明天冉冉升起时，更加绚烂地绽放。

金秋的天气渐寒，每当秋风劲扫，秋叶渐黄的时候，牵牛花仍在顽强地开放着，试图用它的美丽和芬芳，驱散秋的苍凉。不管你是否在意它，它都无怨无悔地盛开，向人们传送着它的祝福。牵牛花无论在篱笆还是荆棘旁，都能巧妙地攀缘一直向上，不知疲惫地努力攀缘，哪怕没有支点，匍匐前行也要达到它理想的目标。

牵牛花呀！你不骄横、跋扈、张扬，也不会有埋怨轻蔑的目光，一根枝蔓，竟能绽放出紫的、粉的、蓝的、白的彩色的遐想。

牵牛花，你心里没有阴影愁肠，你没有显赫的背景，却张弛有度不争不抢，一步一个脚印步步向往辉煌，为大自然带来无限的风光。

牵牛花，你是那么平凡，平凡的你却为这个喧嚣的世界增添了无限色彩，你所到之处，都会留下一串又一串的小喇叭，给这个秋天带来一抹亮色，也为时代吹响了前进的号角！

梦中朵朵萱草开

初夏的傍晚，我去小月河畔蓟门公园散步，突然一阵花香随风袭来，这陌生却又让我熟悉的味道，带着一丝清新的气息，使我为之一振。我嗅着熟悉的味道，径直朝那片绿植走去，只见低矮的灌木丛下长着一小片萱草，正以喜人的势态竞相绽放。此时夕阳透过斑斑驳驳的树叶，在落日的余晖下，萱草与光影交相辉映，令我陶醉不已。

在中国传统文化中最讲究的就是意象，折柳代表惜别怀远，莲花高洁、菊花清幽，更有中药名当归、长卿、景天、雪见，甚至萱草也被赋予了深厚的内涵。明代医药学家李时珍在《本草纲目》中曾作出过解释："萱本作谖。谖，忘也。"《诗经·卫风·伯兮》里那位吟诵"焉得谖草，言树之背"的妇人，就曾在家居北堂栽种了萱草，借以解愁忘忧的。诚然在那飘逸雅致的绿黄色中，忧愁是会慢慢地消失殆尽的；希望终将会来临。

在北方，萱草也叫黄花，在众多中草药植物中，恐怕没有哪一种植物像黄花菜这样特别了，它"莫道农家无宝玉，遍地黄花是金针"，观为名花，用为良药，食为佳肴。它是百合科多年生的草本植物，在我国有两千多年的悠久历史，是我国独有的土特产。它盛放时漫山遍野吞噬着沟壑，封锁着田野，房前屋后、沟边地角、田间埝头都能见到那一片片蓬勃生长的黄花。

北大荒我的第二故乡，在那里我生活了十年，人生能有几个十年，所以对那里的山山水水一草一木，我都有着深厚的感情。尤其是在塔头、草甸子、白桦林中，那一片片盛开的黄花，时刻开放在我梦中的心田。

我刚到北大荒时，所在连队地处小兴安岭的北坡也是丘陵的地带，往北是望不到边的塔头湿地，每年的六月中下旬，是黄花盛开的季节，草甸子到处都是绽放的黄花，一朵连一朵，一片又一片，颜色是翠绿清淡的，散发着阵阵清香，那些还没开的花骨朵就是金针菜了。到了这个季节，我们会跟随老职工一同到草甸子上去采黄花。老职工教我们用线把采摘的黄花串起来，放到开水里烫一下，晾干后等我们回家探亲时带回北京，送给亲戚和朋友们。

黄花亦称"忘忧草""金针菜""健脑菜"，它观为名花，用为良药，食为佳肴，与蘑菇、木耳并为素食三珍品，是集观赏价值、营养价值和药用价值于一体的多功能花卉。

回想生活在北大荒那时的地方，萱草沐浴着夏日的阳光，欢快地来不及生长。将一整个白天吸收的能量，在夜幕降临的时候尽情地释放出来。到了第二天，那一朵朵、一根根，像鸡爪，像荧光棒，嫩莹莹、脆生生、黄亮亮的金针菜，如果遇到潮湿的早晨，露珠儿挂在花蕾上，晨光相映，玲珑剔透，更是好看。人们常说"芝麻开花节节高"，但是北大荒铺天盖地的黄花一点也不比芝麻开花逊色，"是花是菜任君采，我自芬芳我自痴"。特别是夏至节气到来时，它好像是和这个节气有个美好繁衍的约定：暑气蒸，尽情生，绿叶浓，黄花香。

我望着蓟门公园里的那一小片生机勃勃盛开的萱草花，思忆浓浓，"宁可抱香枝上老，不随黄叶舞秋风"。在这如此美丽的景色里，在这如此幽静的环境中，我感到心胸开阔，心情舒畅，心灵纯净，忘却了人间的一切忧愁和烦恼，这般安详宁静的氛围，让我觉得整个身心都融于"蓟门烟树"这美丽的大自然之中，更让我回忆起在北大荒采黄花的情景，那些难忘的岁月，犹如是一段田园牧歌般的悠闲快乐的生活！

花飞花落，情洒蓟门小月河

　　春暮夏初，又是一年红五月。京城郊外，花红树绿。城郭之内，繁花似锦。清晨我推窗起身，一片明媚和煦的阳光穿窗进屋，它犹如少女的温柔将芳香与温暖洒满屋内。我的心情也随着阳光活跃起来了，感觉到了大自然的无限美好，更感受到初夏的悄悄莅临。

　　吃过早餐我准备去北土城散步。走出家门，沿着柳林绿织的石板小径循步渐进，"蓟门烟树"八大景之一，矗立在我的眼前，勾起了我无限的遐思。燕京八景（又有燕京十景之说），清乾隆十六年（1751 年）御定八景为：太液秋风、琼岛春阴、金台夕照、蓟门烟树、西山晴雪、玉泉趵突、卢沟晓月、居庸叠翠，当时均刻有石碑，并有序文和诗文。从此之后，无论十室之邑，三里之城还是五亩之园，以及琳宫梵宇，靡不有八景诗矣。

　　清代皇帝乾隆寻访古迹，以小月河畔元大都西墙残门为蓟门，并为此题诗："苍茫树绝望中浮，十里轻阴接蓟邱，垂柳依依村舍隐，新苗漠漠水田稠。青葱四合莺留语，空翠连天雁远游。南望帝京佳气绕，五云飞护凤凰楼。"乾隆帝写了诗后感觉还不够，又于乾隆十六年（1751 年）立碑于此，并在碑后赋诗："十里清杨烟霭浮，蓟门指点认荒丘。青帘贳酒于何少，黄土填入既渐稠。牵客未能留远别，听鹂谁解作清游。梵钟欲醒红尘梦，断续常飘云外楼。"十分确切地描述了蓟门当时的盛况。

　　时光穿梭中，回顾那时的情景，望着元大都小月河那清秀的脸庞，犹如纯情脉脉的少女，透着几许明快的清新与简洁。那汩汩淌流的清波，犹如母亲的血液在游子心中穿肠。湛蓝的天空将天地万物囊括。我喜欢在夏风拂面之时欣赏你的波澜，更喜欢站在林荫小道上观赏那丁香花的纷飞洒脱。看到北土城的花开花落花满天，纷纷扬扬的落花飘在空中，落在地上，仿佛像是冬天里漫天飞舞的片片雪花，晶莹剔透；又恍若王母洒下的玉液琼浆，清香甘甜，醉人心扉。又像是人间飘舞的小精灵，天真淘气，让人徒增几分欢喜。

白色紫色的丁香，开在人间五月，开在了最美的季节，美化了人间，倾醉了流年。正是那灿烂火红的朝阳，才催开了人间千花万树。正是那潇潇暮雨，才滋润着广袤丰收的大地。还有那浓浓的乡愁，更似那粉白芳香的丁香花，永远醍醐灌顶。那白色的，紫色的，纷纷扬扬地洒满一地落花，让我不忍心去踩，敞开双手走过，掠起了一地芬芳，掠走了一地清香。

我闭上双眸，敞开胸怀扬起了头，扬起的是笑脸，是朝着阳光自信心的飞扬。花瓣落在空中，落在了我的眉梢，落在了我的脸庞，落在了我早已沉醉的心间，又是一年落花时，尘封的故事再次开启，曾经的温暖溢满我的心头，那些一起牵手同行的岁月，一直在我心里落地生根，每一朵飞落的花瓣都是见证，每一缕落花的芬芳都是甘甜。愿疫情早日结束，人间永远太平！凝结着我浓浓乡愁的丁香花，明年这个时候我还会来把你倾目……

再见十月 走进十一月

在红旗招展、百花簇拥的喜庆热烈氛围中，金秋十月迎来了国庆节，即祖国七十一周岁的华诞。举国上下齐欢腾，载歌载舞迎国庆。

抚今追昔，共和国母亲从1949年到2020年，历经七十一年的艰难险阻，呕心沥血、卧薪尝胆，犹如襁褓中的一个婴儿，览尽日月芳华、尝遍风雨沧桑，在坎坷与曲折中一路成长，一路步伐铿锵，勇敢无畏、昂首阔步地走向希望的明天。

一年一度秋风劲，枫叶绯红秋满园；落叶遍地萦诗意，晚秋瑟瑟迎霜天。举目远望，天空湛蓝寂静而悠远。大雁振翅南翔，芦花怒放萦目，秋水汩汩流淌，红灯笼似的柿子躲在枝叶间展开笑脸，稻谷飘香，高粱低着涨红的头，一切都感觉是那么美好！秋光无限，秋意正浓，秋景正红，秋风劲爽，秋雨酣畅！好一幅秋韵美图悬挂于天地之间。

再见晚秋，再见十月！

时光匆匆，转眼之间，漫天飘舞的落叶就这样带着对秋的无限眷恋魂归大地。还未来得及细品这秋日静美时光，十一月便带着初冬的寒冷迫不及待地向我们走来。

感恩十月，它将生命中全部的斑斓与芬芳带到世间，让我们品尝到硕果的甘甜馨香；期盼十一月，它将带给我们对未来美好的期盼与憧憬。让我们将希望交给明天描绘更美的图画，做更好的自己。

再见十月，再见晚秋。让我们怀揣希望，带着激情与梦想迎接崭新的十一月。心念欢喜，笑迎"千里冰封，万里雪飘"的豪迈，将一切幸福美好装在心里，向着快乐出发……

春 雨

雨水时节，我国大部分地区气温回升到零摄氏度以上。冰封的河水开始解冻，春风化雨，润物无声。正如唐代诗人杜甫在《春夜喜雨》中写道："好雨知时节，当春乃发生。随风潜入夜，润物细无声。"唐代诗人韩愈的《初春小雨》"天街小雨润如酥，草色遥看近却无。最是一年春好处，绝胜烟柳满皇都"。

雨水有三候，一候獭祭鱼。二候鸿雁来。三候草木萌动。

春雨很静，总是在人们意想不到的时候悄悄莅临。春雨很密，犹如紧锣密鼓。春雨很细，犹如丝线飘落九天，更似箩筛筛过一般。春雨如飞，针似牛毛，春雨如飞，花似飞絮，春雨如飞，尘似烟雾，一切充满了几分灵性与神奇，总是让人捉摸不透。春雨又充满了无穷的诗情画意，让人多了几许遐思与惊喜！

我喜欢欣赏春天下雨的时候，你看那在春风中斜织横密的春雨，是如此的潇洒，又是如此的飘逸。远处的乡村屋舍，山川河流，千里沃野、树木花草皆被笼罩在茫茫的烟雨中，充满了无穷的遐想。春雨贵如油，及时的春雨对农家人来说，是天大的喜事。因为干渴的冬小麦正需要春雨的庇荫和滋润。几天后，被春雨滋润过的冬小麦，开始返青紫绿，一派生机盎然的模样。这不正是农家人常说的"雨水有雨庄稼好，大春小春一片宝"吗？

春雨过后的空气是清新舒适的，开始变得更加的爽朗，感觉四周的一切都是新鲜的。花草树木上全是湿漉漉的、亮晶晶的，犹如被洗过般那样靓丽。迎春花、玉兰花、杏花、山桃花……竞相绽放。油漆路面也似乎刚被碾轧过一般。春雨不仅滋润了万物，清新了空气，而且春雨也落在了农家人的心坎上，让春播春种见到了曙光！今年一定又是一个风调雨顺、五谷丰登的好年景啊！

盛 夏

　　盛夏荷花绽放，蛙声四起。蝉鸣声声，沁人心脾。盛夏骄阳似火，夏风微醺。河水泛波，鱼儿嬉戏。如此夏景，醉人心动。七月是多雨的季节，炎热的盛夏闷热得让人透不过气。听，远处的雷声善解人意，在疾风的吹拂下，黑压压的乌云聚集在一起。

　　轰隆隆的雷鼓，亮起一道道闪电，好似一把把利剑，把琼宇划开了一个大口子，倾盆大雨从天而降。天地间仿佛悬挂起了一道硕大的水帘。一场急雨过后，空气变得凉爽了许多，人们的心情也舒坦了许多。"水满有时观下鹭，草深无处不鸣蛙"。青蛙总是在夜阑人静时，伴着徐徐柔风，鼓腮而鸣。先是一只青蛙吹响了"集合号"。接着，很多只蜗居在水草丛里的青蛙不约而同地钻了出来，朝着满天星斗的夜空，放纵歌喉引吭高歌，给宁静的夜带来无限的遐思。

　　夏天是远道而来的浪漫，明媚的阳光，弥漫的花香，悦耳的蝉鸣，壮美的河川，一切都是那么美好润心，一切都是那么妩媚动人。我喜爱油绿可鉴的荷花，一池碧波清幽的河面上亭立着如扇子般大小的荷叶，荷叶的表面似乎还有星星点点的小水珠，犹如刚出水的芙蓉，让人无比留恋与倾慕。在烈日的照耀下，小水珠似乎泛着金光，无比地炫人耳目。周围的荷花鳞次栉比、错拥环抱，远远望去酷似仙女下凡，充满无限的神秘与惊喜！一阵夏风拂过，这些婀娜妖艳的荷花左右摇摆，恍若少女在舞蹈漫步。

　　工夫不大，有几只可爱的小蜻蜓忽然站立荷花之上"嗡嗡"地鸣唱，它们一会儿飞到河面之上，一会儿又落在荷叶之上，此情此景充满了无穷的诗情画意。不仅让我又想起了宋代诗人杨万里的《小池》："泉眼无声惜细流，树阴照水爱晴柔。小荷才露尖尖角，早有蜻蜓立上头。"河岸两边的垂杨柳在夏风中似乎与这身旁的一池荷花心有灵犀一点通，跳起了同频漫舞。这时候，柳枝上的蝉虫似乎也被这满池的荷香陶醉了，放开它那嘹亮的歌喉，唱响了一夏的清韵悠悠。再看池塘四周泥洞里的青蛙，也是闻香而动。鼓起白幽幽的肚皮，瞪着两个明亮的双眸，身披绿色的铠甲，犹如全副武装的士兵。扯开嗓门，吹响了盛夏撼人的号角。此时的池塘，简直成了盛夏七月天里最美艳动人的大舞台。蛙声伴着荷香，蝉鸣合着蛙鸣，真是动静相宜，交响美妙成曲啊！

　　我被这眼前的美景深深地吸引打动，心中不禁暗自惊叹："原来世上竟有如此美艳动人的世外奇景啊！"而这方世外美景犹如一壶美酒，始终醉人心扉，让人绵香难忘！

我闻到了夏天的味道

时间如流星，不知不觉划过春天美丽的天空。我们还未好好感受春光的美好，焦灼烈烈的夏日阳光已经铺天盖地，穿过树梢洒遍了每一寸土地。我似乎隐隐约约听到了那刺穿魂魄夏虫的鸣叫，更嗅到了一股饱含农民父辈心血和汗水的麦香，难道夏天已经破门而入，连耳边的风也夹杂着油菜花的清香淡淡的。

怒放的春花已经悄悄落下，桃花、樱花、海棠花已纷纷飘落，似乎与春天在挥手告别，布谷鸟的歌声越来越近，似乎就在我居住的屋顶。我们熬过了寒冬，又不经意间走过了暖春，一同迎接夏的热情。

人生的旅途走到今日，仿佛任何的遇见、离别不会再让我的情绪有什么波澜。可人总是感性的生物，迎来送往是常事，一幕幕回忆总是涌上心头。

我脑海中似乎又闪现出那年我在北大荒金色的麦浪中挥镰割麦的情景。夏天同样美丽，也常常回忆儿时母亲坐在小院葡萄架下面，为我摇蒲扇驱蚊虫的感人画面，全家人围坐在一起，拉家常、聊人生，还有日常生活中那些有趣的故事，欢声笑语总是令我难忘。

我似乎闻到了夏雨的激情热烈而奔放，夏雨不下则已，一下犹如青年人的秉性，始终充满着铿锵有力的激情。你看那乌云密布的天空下，风起云涌，电闪雷鸣，一泻如注从天而降的暴雨，犹如战鼓擂鸣，更似万马奔腾。夏雨不仅给人间带来甘霖，而且又给万物带来一片生机！夏雨如诗，每一滴每一行都充满无穷的乡愁！夏雨如画，每一片每一阵都洒满故乡的这片热土！

我闻到了夏天爱人为我做凉面的味道，青青的黄瓜用刀切成细丝，红红的西红柿切成小块，豆腐切成小条，三者放在一起，撒上香菜、再淋上小磨香油、食醋、食盐等用筷子拌匀，一道味道鲜美的豆腐、西红柿拌黄瓜丝即成，白、绿、红可谓色香味俱全，将其和煮好的面条一拌，这可是我盛夏避暑的舌尖美味啊！

在我的夏天梦中不仅仅只有这些，还有那盛夏消暑的小豆、红果冰棍、冰镇北冰洋汽水、冰镇啤酒、冰镇西瓜等，更有父母对每个孩子的一片大爱之心，它犹如烈日，酷似烈酒，永远是那么热烈醉人！我闻到了夏天的味道，离我已很近很近……

　　时间终会冲淡一切，四季的轮回周而复始，任谁也不能阻挡，人生得意须尽欢，唯我四季贪念爱。

秋之语

在大自然的四季中，除了春天，我对秋天的喜爱那是不言而喻的！我喜爱飒爽宜人的秋风，每每秋风拂面，那种凉意是透彻心扉的，让人从内到外都感到无比的惬意和舒畅！呼呼的秋风过处，整个天空似乎变了模样，云清气爽、无比清新！抬头望去，天蓝莹莹的犹如晶莹剔透的蓝宝石一般。云彩朵朵、奇形怪状，犹如画家泼墨涂抹的一样。在这幅秋之韵画卷上，不时有三三两两的大雁划过天际，真是犹如仙境一般，令人心醉神往。

九月的美景是无法用文字去描写的，即便雾色暝霭的三秋黄昏，你去了短袖，着上长衣，水雾之沉寂，缩眉之神思，也得不到凝的意境。不如索性依着衰草，踏上高地，借了秋风，描些清高的情景来补拙。其实我想写秋天景色的念头已经有好几年了，不是想同古人一样伤春悲秋，就想着随性写点秋的事物，短短几句只言片语便也可欣然，可一直迟迟未曾动笔。

出门走走时，马路两边的杨树叶，梧桐树叶，槐树叶，榆树叶，在秋风中左右摇摆，飘落满地。黄黄的、枯枯的，铺满了地面。人一踩上去，发出"沙沙"的声响。静静地听去，犹如秋雨拍打的声响。特别是那片片杨树叶，在秋阳下闪烁着金灿灿的光芒，十分好看，十分耀眼。可此时的叶，终究是走到了生命的尽头，那些褪去绿色的落叶，活泼的生命蓦然间在半空里飘摇，秋风一扫，满地摧残之象，不过是生命的终章，在秋风中绽放的模样罢了。实在不忍去看这些衰落的凋零，如此这般的风景，我该如何下得了笔？

还有那潇洒飘逸的秋雨，在天空中划着弧线，十分撼人。密集的雨点在空中凝结成宽大颀长的雨帘，甚是凄美壮观。自古秋雨往往要和黄昏揉在一起，似乎如此才能招摇景物心绪之惨烈。西边挂一帘高远的云帐，落日的光潮被掩了，风痕涌入心头，一发就不可收拾了。古代诗人多伤春悲秋，所以秋雨也得缠绵凄怆，"高楼目尽欲黄昏，梧桐叶上萧萧雨"，风雨簌簌、簌簌，万物都是静的，唯有雨啜。其实秋雨中也是有光的，昏黄的微光，更黄，莽莽苍苍的白光，更凄白，西天尽处，天地合一，留下泼墨的暗夜和两颊浑浊的泪痕的踪迹。

哎！写不尽的秋之悲歌，道不尽的秋之怨愁，就像此时此刻，我该像一落寞诗人一样，满面皆是秋。悲秋之意，实在是不适合现代人的生活，秋色过于幽秘、秋风过于凄清、秋雨更添愁思，好像世间的暖都隐了去，唯有寒酸难禁。秋虽不凝，却也不活，秋之淡然，终究要舍去，秋已无声无息地走来。抚去岁月的尘埃，唯留一颗本真的情怀，在一叶知秋的时光里，继续生命的下一段路程。人生繁华三千，看淡即是云烟，无论我们曾有过什么，失去什么，这一切终会消失在岁月的长河中，波澜不惊，风轻云淡。

寻觅秋的踪影

立秋已过，却未曾感受到天气的凉爽，依旧是酷热当头，天气没有因为季节的转变而变得凉爽，反而连续的高温，昭示着即使有风吹到脸上也是温温的。莫非盛夏还不愿意交出手中的"指挥权"，平稳过渡它不愿意，那就让"物极必反"成为现实，让秋来得更猛烈些吧！

我喜欢秋天，在一个收获的季节，在一段夏还未成为过去式的时间，掠过夏季时光幽幽的长廊，看两个季节的花彼此绽放交相辉映，好似在送别，也好似在欢迎。

我微微地抬起头，望着蔚蓝的天空，真的是秋日的天空，比起其他季节，这时的天空显得更高、更蓝，就像是清澈的水一样！缓缓地向前流动着。

入秋了，秋天的阳光终究还是比夏日要温和许多，暖暖的但依旧刺眼，阳光透过浓密的树叶的缝隙，轻洒在我的身上、小路上，草坪中，我就这样一个人慢慢地向前走着，感受着秋的慵懒阳光，伸手取一枚树叶，仔细观察着清晰可见的叶脉，想到不久后就会变得金黄，甚至干枯，不，那时的它不是枯萎，它只是悄悄地脱掉那身绿色礼服，换上了属于秋的华丽的盛装。

如果人的一生都是在漂泊，那何处又不可为家而何处亦可为家呢？漂泊的是人的心，总是难以停泊靠岸。其实但凡自己付出过感情有过美好记忆的地方，就会有所留恋。但总会离开徒增伤感。也许没有快乐，也就不会有伤心。人又怎会有纯粹的感情呢？

秋，一年的第三个季节，在这一季中时间都变得飞快，一切都如此美好，愿我们的烦恼，都被凉爽的秋风吹走，愿我们的付出，都能换来满满的收获。和夏天说一声再见吧！

与秋天来一个拥抱，岁月峥嵘沧海桑田浮金秋色，丈量岁华秋来黄叶满地花，大美即将在眼中，时光还真是多情，关上了一扇浓墨重彩的夏窗，打开了一道风轻云淡的秋门，刚送走了一个热烈浓郁的夏日背影，却又相逢一个清新典雅的秋水伊人，醉了人心也醉了笔墨，更醉了我们这个多情的初秋！

秋 雨

秋，一个收获的季节。稻子、玉米已经颗粒归仓，可以想象到农民朋友那种收获后的喜悦，此时收获的是一年的希望。秋收过后，天干物燥，秋风劲爽。虽然农家人完成了秋收，但是心中却一直在为后期冬小麦播种运筹。他(她)们心中一个愿望："但愿天公作美，普降一场甘霖！"一场秋雨会唤醒刚刚沉睡的冬小麦，呼唤起它们吸收一些营养。

"十一"国庆过后的午后，天空一片乌云直压头顶。黑黑的，犹如墨染一般。低低的，似乎触手可及。虽然没有雷声，但是整个天空似乎沉默了一般。静悄悄，充满了几分少有的神奇。

伴着一阵强劲的秋风过后，"唰唰唰"的雨点便如子弹般密集地射向大地。隔窗望去，这场秋雨竟是如此的潇洒飘逸、淋漓尽致。楼房上、大树上、线杆上、路面上被雨点击打得异常唯美壮观，撼人心动。你看那秋雨敲打着房舍的画面，密集的雨点将窗户的玻璃拍打得发出令人心颤的天籁，如擂鼓又似心音伴奏。大树、电线杆在雨中犹如孤立无助的老人，默默地接受着雨点的拍打。路面上早已积起了小水坑，从天直落而下的雨点犹如霹雳的子弹将小水坑激起串串美丽的水泡。一个挨着一个，一串接着一串，此起彼伏、抑扬顿挫。

再看那些干渴的田野，在秋雨的滋润下犹如婴儿吮吸着母亲的甘乳，工夫不大，整片田野酷似被水灌溉过一般湿湿的。

秋雨竟是如此的美丽，犹如一首诗，更似一幅画！片片秋雨不仅为大地带来了甘霖，而且敲打在我的心坎上，如此的令人心动。

秋雨也是如此的及时，真是恰到好处、雷厉风行。当大地干裂得痛苦呻吟之时，一场秋雨将它的伤痛抚平。

秋雨更充满着无限美好的乡愁，当农家人为土地一筹莫展时，又是秋雨洒下了及时的甘露。他们为秋雨欢呼之时，也为田园大地绘制出一幅丰收希望的蓝图！

愿秋雨，所到之处都是甘露！

愿秋雨，所击之处都是美图！

愿秋雨，所下之处都是挥之不去那些我的乡愁！

落　叶

又到了深秋时节，天气慢慢变凉，呼啸的秋风一阵强过一阵，马路两边的杨树、梧桐、槐树、银杏、桑树等各种树叶开始变得干黄枯萎了，在秋风的吹拂下随风而舞、飘落满地。它们犹如即将离开父母的孩子，长大了、成熟了，可以不需大树枝干根系的给养了。

它们酷似飘落在水面的浮萍，孤苦伶仃、无依无靠。它们更有无声的语言诉说着末秋的情怀，世间任何事物都需要遵循自然规律与新陈代谢。叶落归根就是对大树母亲最好的敬畏与告白，它们用自己举足轻重的生命完成了最基本的自然操守。只有牺牲自己的生命才能化作春泥守护老树来年春天的茁壮与繁茂。

我喜欢欣赏叶落的画面，潇洒飘逸、无拘无束，一蓑烟雨任平生！只有经历生命的轮回，才能换来来年的新生！黄叶虽然走到了生命的尽头，它依然无怨无悔，仍然为自己曾经的年轻时光而骄傲自豪。毕竟自己曾经是那么的生机盎然，毕竟自己曾经是那么的青翠欲滴。

从落叶让我看到了生命的可贵，人生也是如此！从年轻到壮年，从壮年再到暮年，我们经历了生命的春夏秋冬，体会了流年的风雨沧桑，更感悟到了生命的珍贵！我们要像落叶那样，即便到了生命的尽头也要回报大树的恩泽！知恩可贵，回报无价！

我踏着枯黄的落叶迈步前行，脚下不时发出"沙沙"的天籁之声。抬头望去，已是深秋。深秋诉说着叶落的一片衷肠！每一片落叶都是一句绝美的诗行，片片落叶叠加出深秋完美的华章！

愿我们能够在落叶中感悟生命的价值和崇高！

愿我们在晚秋的季节中，始终有诉之不尽的落叶故事！

芦花放稻谷香

每当提及芦花，不仅让我想起故乡北国的秋天。秋天，尤其是故乡北国的秋天，那绝对是一幅精美绝伦、五彩绚烂的秋之韵画卷！

立了秋，暑气消退，秋风飘来，大雁南翔，候鸟北归，秋水泛波，秋光璀璨，秋蝉凄鸣，秋叶残残，连空气也变得格外爽朗起来了，犹如镜面中的风景，顿感一切清晰明亮了。

从初秋到深秋，那种变化是潜移默化的。秋风的节拍和韵律都在追随季节时令的安排而跳跃。变化最明显的是故乡的田野，玉米葱茂挺拔，颀长饱满的玉米穗酷似线梭鱼雷，让人茅塞顿开喜出望外。串串似珍珠银豆般的落花生彰显着金秋时节黄土地的无限神奇。河滩上那片片洁白、如棉似絮的芦花更似在风中舞蹈的少女，在秋风中摇曳多姿、风情万种。此时的芦花最美丽，遒劲修长的腰身披着件件毛茸茸的盛装，让人顿觉如此圣洁美好。远远望去，更似排排威武庄严的士兵，整装待发，凝神屏气，充满着一种特有的骨气。

芦花旁边是一片清澈见底的河滩，阵阵凉爽宜人的秋风迎面而至，刹那间，河床表面及四周掀起层层涟漪，犹如一面镜子被刚刚用水冲过一般。河底的各种鱼儿上蹿下跳，有墨色的，有银灰色的，有绯红色的，等等，串串水泡不时荡漾开来。不远处，一叶扁舟缓缓而至。船头上一位头戴斗笠、身披蓑衣的渔翁正在撒网捕鱼，双臂一挥，一只透明密织的大网如漏斗般，各种鱼儿不少被大网罩住，成了渔翁的战利品。夕阳西下，金色的霞光染红了半边天，渔翁划舟捕鱼的画面又一次定格天边……

成片的稻谷在秋风中低头欢唱，当南翔的大雁声喉激昂之时，水田里的稻谷已是稻穗低垂、籽粒充盈，农家人纷纷走出家门，手持镰刀收割稻谷的画面又一次萦现眼前。

成片成片金黄的水稻，低垂着脑袋，彰显着个性的沉默和谦恭。不喜张扬，忍辱负重才是稻谷固有的个性，水田里到处是农家人忙碌的身影！硕大的稻穗毛茸茸的，酷似毛毛虫。排列紧密的稻籽，疏密有致、天衣无缝，这难道是上天有力的安排还是农家人精耕细作、挥汗如雨的结果。

我十分钦佩农家人站在浅水的田野里躬身弯腰插水稻的画面。一手攥着稻秧，一手将细长的秧苗插进水中，他（她）们或谈笑风生、他（她）们或叩首黄土，他（她）们把心中的希望和沉甸甸的丰收梦寄托于脚下的这片水土！从春到秋，水稻秧苗在水田下忍辱负重、厚积薄发，它们为了向世间报到，不惜忍受凉水的浸泡，只有经历过土地的埋压和痛苦的挣扎，才会破土而出，茂盛成长！

寒风瑟瑟树叶落

四季轮回中之中，悄然间秋也要离去了。瑟瑟寒风吹过，排开一切，激起微末尘埃，撼摇着老树吹落了叶。诗家有言"一叶落而知岁末"，这种景象在北方的地方会体会得颇深一些。

刚入秋时，夏与秋的衔接还分不那么清楚，几场秋雨落下，阵阵寒意宣告着夏的离去。突然间的凉，显得那么不适应、那么的突兀，不过这也是常事。北方的四季界限分明，到了这个界限四季自然轮转。就像生活一样，生活中也要给自己找些乐趣，当饭后散步成了常态，你会发现此前的生活错过了很多风景，就算是常见之地不同的时间也由不一样的风景。

远些地方的小山林木丰茂，往日是那样的苍翠茂盛。尚未是深秋，有风柔柔拂过，树上的叶便迎风起舞，好像一只只美丽蝴蝶翩翩起舞，如今可能并不是那时的境地了。凹凸着龟裂的枝干，落叶在时间的洗礼中，慢离开了树的肩膀。在这苍凉着死别离场面，给人一种眷恋不了的情愫。落叶是新生还是死亡？无法给出一个明确的定义。萧萧落叶只为三季，秋风排过便是死亡，然落叶终归大地，一冬腐败变为养料，冰雪融化又是繁茂。不管是新生还是死亡，叶毕竟成过了林木的主角，如此便值得回味。

黄叶漫卷，铺天盖地，窸窸窣窣的声音犹如天籁，在风中轻吟浅唱，欲语还休。哎！多少繁华终究逃不过时间。轻轻拾起一枚相较来说还算完整的，让心随着落叶一起流浪。我分明听到了那叶脉中流动的激情，在记忆的河流里缓缓流淌。想必，那些波澜壮阔的岁月，已渐渐平息，但是在我的心海里仍然激起波浪，我如何能忘记那些激情澎湃的岁月。这个世界很大，而心里的空间却很小，有人进来就必定有人要离开。生活中有很多美好的东西，不是一直都不变，任何事情都没有一成不变的道理。当光阴不再，青春已被时光席卷。秋叶如此，人亦如此。

人生匆匆，时光无言，看花开叶落，零落成泥碾作尘。敬重繁茂的生命，同样也敬重凄凉的萧条，"君不见，高堂明镜悲白发，朝如青丝暮成雪"。漠漠尘寰，有几人能从一开始就做到风轻云淡呢。世间每一个生命，都是在风霜雪雨的洗礼中走向成熟的，那份历练就是生命不舍的眷恋。

雪后又见寒梅香

冬天是一个寒冷的季节，雪花飞舞，梅花芬芳。听雪声、嗅梅香，这可能是冬天为数不多的浪漫了吧。在冰天雪地中，四处白茫茫的，只有梅花展示出生命的力量。团团点点，暗红卧于雪下，暗红伏在枝墙，一眼望去便吸引住了人们的目光，给寒冬添上一抹暖意。

终于在入冬许久后，迎来了飞雪。在下雪的日子里，满目皆是洁白的，天地在此刻变得安静起来，四处白茫茫的，显得尤其干净。风飘雪舞，风雪如天女散花般凌乱。漫天的飞雪冲刷着世界，四野的洁白早已抹去了秋日的风景。我静静地看着，雪花把道路两旁早已失去活力的树枝染成了白色，枝杈间结出大朵小朵千朵万朵的"花"，花儿千姿百态，不亚于梨蕊的白色，却被一点暗红色所击败。

我喜欢梅花。寒梅在飞雪的遮盖下，身姿变得隐约可见，模糊也是一种意境。当我站在雪中观察你时，雪花落在我的脸颊，冰冰凉凉的感觉，竟让我对你产生了一丝怜悯，你不与百花争春，独自在寒冷的冬天绽放。你的存在弥补了冬天的风景，更让人们记住你纯洁优雅清高脱俗的魅力。

我思来想去怎么也想不通，梅花这娇嫩的生命，为何偏偏选在这寒冷的冬天开花，这时开花需要多么大的勇气和非凡的魄力啊。难道积压三季的能量就是为了最后一季的绽放吗？百花皆殁唯你独芳，梅花于寒冬见雪而开，映着洁白的雪花，显得清雅脱俗。其实，你君子般的崇高品质早已被历代文人充盈在诗词之中。身处北方多少年，寒梅傲雪绽放的样子总是百看不厌，你那骄傲的身姿、曼妙的舞姿，醉了雪夜，醉了今朝，更醉了我。

当夜幕降临，白色的雪在夜的遮挡下隐去了身影，冷风像针一样刺在皮肤上，一缕淡淡的幽香传来似乎能减轻我身上的寒冷。我轻轻脱下手套，露出温暖的手指，轻轻触碰一朵娇嫩的梅花。黑夜，白雪、寒风、暗香、红梅和我缺一不可。这绝美的景让人怎么能舍弃。奈何庭院锁不住岁月，左右不了寒冬的归去，这一场风花雪月的情怀，终要在岁月的轮转中一季又一季地延续。

时间周而复始，没有人能阻挡时间的脚步。今天梅花如此，今天雪景如此，可谁又能保证明天呢，谁又能保证明年呢。"唯愿朔风解我意，切莫摧残梅花香"。希望明年我们依旧相会于冬日，让我再见这万里梅香的盛况。

冬到圆明园

念天地之悠悠，感万物之静美。三九时节，北风呼啸。在元旦过后，这个冬日里和煦的午后，寒流如潮涌般溢满我的心胸。

我携爱人和女儿有幸走进这具有"万园之园"之称的圆明园。欣赏冬日园中的明媚，那一缕冬日的阳光不再是那么灼人，而变得那么温和起来，阳光映在我们的脸上，就像母亲的手轻柔地抚摸着我们的面颊，给我们无尽的温暖，照耀在圆明园里，仿佛一片都是金色的，更倾醉了圆明园的历史文化底蕴之厚重。

许多人都去过圆明园，却极少有人游懂圆明园，它是众人眼中的断壁残垣，是悲剧的象征所在，是英法联军的罪证。眼前的废墟和留在人们记忆中的历史或许掩住了一个事实，这座"万园之园"曾经是大清皇帝生活、休闲、娱乐之处，断壁之下，焦土之上，它曾上演过一幕幕后宫的传奇，那些传奇的精彩，令人永远去追忆深邃。

今天我们站在残垣破壁前，昨天那些血腥残暴的画面仿佛又一次浮现在我们的脑海。以美、英为首的八国联军对圆明园进行了烧、杀、掠、抢。其场面之悲悯，无不令听闻者唏嘘！其性质之恶劣，无不令国人之痛斥！圆明园本为康熙、雍正、乾隆三朝皇帝的寝宫，如今却变成国人心目中的断章！其园内之金、银、珠宝大量流失，不得不说这是历史上的一个悲剧！昔日雍容华贵、独树一帜的建筑风貌，行将变成了一种传说。

来到圆明园，虽然现在正值是三九天寒气逼人，但在园内湖面上仍可见黑天鹅的身影，它们或盘旋或飞舞，偶传几声凄美的鸣唱，令游人心情陶醉。听工作人员介绍说："从 2008 年 6 月，一对黑天鹅飞入圆明园之后，它们就在这里自然繁殖成种群，目前圆明园里有成年天鹅 20 只，小天鹅 15 只，这些天鹅其分布在圆明园，长春园，绮春园三面的湖面上。"为了帮助黑天鹅和一些野鸭、鸳鸯等水禽鸟顺利地度过寒冷的冬季，圆明园管理处通过安装水泵、人工破冰等方式为黑天鹅和这些水禽提供了活动的水域，更能为冬日静美的圆明园带来几分诗情画意。

今天走进冬日里的圆明园，虽没有春天的百花盛开，夏天的曲院风荷，秋天的硕果累累，但依然美不胜收，在我们的眼前展开了一幅广阔壮美的画卷。那清澈的蓝天白云，枯黄的垂柳枝条，随风摇曳的芦苇以及枯萎凋谢的残荷，倒映在圆明园结冰的湖面上，俨然是一幅优美的皇家园林冬景美图，描绘出圆明园的一片梦幻般的世界。

冬日的圆明园更像是一位老人，风中瘦衣和岁月的刻刀，雕琢着灵魂的骨骼，细数着历史脚步的遥远春秋。远处的亭台楼阁似乎点缀在一幅绝美的冬之韵画卷中。小径便道寂静空旷，小桥栏杆风韵犹存，亭台院墙的红砖碧瓦似乎在向我们讲述着昨天那些凄美的故事。

如今的圆明园犹如一面历史的镜子，永远折射着真、善、美、恶、丑！

如今的圆明园更如一本厚重的史书，书写着昨天的辉煌和沧桑！

圆明园，其精魂永驻世人心间！

年 味

年年过年今又过年，年味风趣各有风采。过了腊八，似乎新年的脚步正悄悄向我们走来，城市如此，乡村依然。人们的精神风貌开始活跃起来，城乡过年的氛围日渐高涨，犹如旭日东升火火红红！

大街小巷、墙陌屋舍、商场集市、路边桥头到处是熙熙攘攘的人流，犹如潮水更似大军出征。空气中始终抹不去那种难以磨灭的乡音乡愁，小商小贩的叫卖声声，更给年味添加了十足的韵味和色彩！我虽然生活于城市一隅，但是心里面永远念想的还是儿时乡村过年！

小时候过年，孩子们盼的是穿新衣、放鞭炮、拿压岁钱红包，大人们则不然，他(她)们想的是家里的吃、穿、住、用、行等日常生活开支。只要缸中有粮、兜里有钱，他(她)们过年心里面才有底！

农民的过年比不得市民的过年，农民每天日出而作、日落而息，整天面朝黄土背朝天，为了稳产丰收，汗珠子被当作木偶摔八瓣。因此，农民非常珍惜来之不易的过年光景，也只有在过年这段时间才能尽情放松和享乐！一般来讲，过了农历腊月二十三、又称小年，乡间村落过年的韵味才慢慢氤氲开来。打扫庭院、割猪肉、蒸年馍、买豆腐、杀猪宰羊、煮肉、炸鱼、氽丸子、贴春联、包饺子等，人们为了过上一个祥和、开心、幸福的新年，而纷纷奔走相告、历磨心志。不为别的，辛辛苦苦忙碌了三百六十五天，不就是图过新年的时候全家团圆好好热闹一下吗？人们会把新年的希望及梦想绘织成美不胜收的灿烂锦绣！

我十分感念儿时过年母亲做的年夜饭，除夕晚上那顿猪肉大葱馅水饺。父亲剁馅，母亲调馅、和面、擀面皮，一张张圆圆的饺皮象征着全家和谐团圆，喷香扑鼻的猪肉大葱馅寓意着我们的生活犹如芝麻开花节节高！吃过除夕夜的饺子，我和伙伴们纷纷跑到大街上去看放烟花。赤、橙、黄、绿、青、蓝、紫，各种颜色的烟花犹如天女散花，更似灯火通明得不夜天，欢呼声、叫喊声、嬉笑声充满了整个家乡济宁鲁西南乡村的上空。

今天为了过上一个团圆年，在外务工的游子纷纷飞回故乡，那种过年的心情十分热烈，酷似烈焰美酒醉人心田。最难忘的是大年初一起早拜年！当东方天空一片朦胧迷茫之时，人们纷纷穿衣起床，小孩们心里面更是乐开了花，不但可以穿上崭新的衣服，而且拜完年可以有压岁钱、糖果、瓜子等塞满裤兜。

难忘我故乡儿时过年的浓浓年味！

辑三　书中的风景

读彭小玲女士《生活在英国》一书有感

拜读了彭小玲《生活在英国》一书，全书记录了作者在英国的生活点滴，带你走进英国的家庭生活、亲子教育、人文环境、情感世界，该书由民主与建设出版社出版发行、青年作家网图书事业部封面设计，全书内容积极进取，健康向上，通俗易懂，贴近生活，很接地气，充满了正能量。尤其是寓教于乐，融学于趣，化教于心的家庭教育方法和氛围，思维的多辨性，情感的人性化使全书融为一体，给人耳目一新的视觉感受，值得读者学习借鉴参考。

《生活在英国》一书，全书共分五个部分，分别是：懒妈与儿子、写给老公、血浓于水、英国生活和生活随感。第一章："懒妈与儿子"记录自己与儿子之间的母子亲情，如何处理母子感情，尤其是在家庭教育上，如何更好地引导儿子积极向上的学习方法和生活情趣；第二章："写给老公"主要是写夫妻之间的情感处理，我对老公事业上的支持，老公对我的理解和包容等，幸福的家庭来源于夫妻的和谐相处；第三章："血浓于水"主要是记录父母、亲子之间的趣事，相互扶持和感恩；第四章："英国生活"主要是介绍我所见到的英国人在生活上、工作上、学习上的态度和处理问题的方法；第五章："生活随感"主要是写家人在通过各种活动或者旅游生活的事情。整部作品，提倡家庭和睦、感恩、付出，是一部充满阳光的散文随笔。

随笔是散文的一种表现形式，随手笔录，不拘一格，形散而神不散。一般以借事抒情、夹叙夹议为其主要特点、篇幅短小、形式多样，但主题鲜明。彭小玲《生活在英国》一书文字扎实、真诚，颇受读者的喜爱和好评。

寻梦黑土　情醉北国

打开妙瓜老师邮寄给我的新书《青春富锦》，闻着淡淡的墨香，我的眼圈湿润了。

富锦是我太熟悉不过的一个地名了，它位于佳木斯市的最北部，是由黑龙江、松花江、乌苏里江流域而汇成的三江平原。也是中国最早迎接太阳升起的地方，素有东极天府之称，而我就在妙瓜老师所写《青春富锦》这个地方生活过五年。

那里留下了我的沧桑岁月，留下了我的青春足迹。正像妙瓜老师所说："众多镜头聚焦了一场青春的祭奠，记录下亲历者们内心的波澜和人性的善美，渗透了感情的事物必然会有生命，它将以岁月永恒。"

光阴似箭，时光似流水，在 20 世纪五六十年代激情燃烧的那个岁月里，我和妙瓜老师同样，满怀报国志，告别了家乡，踏上了茫茫荒原，我们历经了无数的艰难险阻，把青春芳华和满腔热血都献给了这片广袤的黑土地。

岁月悠悠，时光留不住我们的青春岁月，留不住我们人生的沧桑。但妙瓜老师在这本书中选用了几个杭州下乡的知青战友，用共同的心声述说着那段如火如荼难忘的蹉跎岁月，非常感人至深。

20 世纪五六十年代荒原的富锦充斥着贫穷、落后、寒冷，抬头远望，那是一段挥之不去的记忆，是一段燃烧的青春。在妙瓜老师的笔下，那岁月无痕，沧桑有迹，顺着老师的笔尖，去回首北大荒艰苦奋斗的日月，总有一些光阴难以磨灭的东西留在我们难忘的记忆中。它里面有苦、有涩、有欢笑、有感动、有泪水，当妙瓜老师拿起笔书写着点滴斑驳的碎片时，几十年富锦的知青生活，历历在目，如灌满了铅一样沉重地压在心头，令他难以窒息。

书里那一篇篇动人的故事《那些难忘的知青》《我当老师》《北大荒黑土地，我们永远是你的孩子》《忆当年》《我们的足迹》……在妙瓜老师的笔下，无不刻画得淋漓尽致、鲜活有生。知青的岁月，一个很多年轻人不可想象的岁月，那是一段充满热血与激情的岁月，那是一段融合了苦与乐，善与恶的岁月，那是一段充满无助忧患，悲欢与离合的岁月，那里留下了妙瓜老师刻骨铭心的记忆。《青春富锦》这本书是妙瓜老师芳华的见证，是妙瓜老师写知青时代的一部宏伟篇章，也是他永远怀念的第二故乡。

当年的风和雨，悲与壮，血和泪，思与情都是我们这一代人永远说不完的话题。那些难忘的日子也是妙瓜老师和下乡知青朋友们，一段最精彩纷呈跌宕起伏的人生段落，那是一段人生无奈让人牵肠挂肚、不能释怀的岁月。记忆久远的《青春富锦》也是妙瓜老师和知青朋友们付出青春，至今永远魂牵梦绕的地方。

那个地方也留下了我的深深的记忆，流下了我苦涩的泪水。我在生产建设兵团六师的时候，探亲回家必要经过富锦，从早晨天不亮坐上车到晚上才能到达富锦，坑坑洼洼的路况十分难走，夏天道路泥泞不堪，冬天大雪纷飞，回趟家真比登天还要难，我在《漫漫回家路》和《邂逅》文章中也描写了我在回家路上的坎坷遭遇和艰难。使我一生难忘的就是我在富锦邂逅了一名当地的青年，那时候在经富锦探家回来的路上，我生了病高烧不止，昏迷过去。是一个互不相识富锦的当地青年背着，把我送到了富锦医院，日夜守护着我，喂水喂药，无微不至地照顾着我，使我脱离了生命危险。那一片情，那一片爱，深深地感动着我，犹如一股暖暖的清泉注入了我的心田，涌遍了我的全身……至今令我难以忘怀！

《青春富锦》这本书刻画出的一个个真实的故事，让每个读者永远留驻在心间。尤其是进入古稀之年的我们，会更如此怀念青春的时光，无论是匆匆的相逢，还是匆匆的离别，但在短处的生命历程中，我们拥有着《富锦青春》的永恒。

妙瓜老师所写《青春富锦》一书，图文并茂，生动细腻而自然，一个个鲜活的故事打动着人心，让人潸然泪下。知青岁月里我们一起走过，岁月刻画了我们生命的精彩和情谊，升华了我们不朽的人生，相逢则温暖着我们彼此的心田。在那一个特殊的时代，给了我们这一代人，一段特殊的经历和一段特殊的人生。

往事的点点滴滴唤醒了《青春富锦》沉睡的生命，那五彩斑斓的石碑上，镌刻着知青这个特殊群体，所经历的苦难与理想。我们虽然经历了人生的大起大落，但我们不平庸，我们虽然经历了苦难岁月，但我们不悲哀，我们把苦难浓缩成思念，也是我们知青精神的又一次升华，这是我们真正的人生，因为我们是从北大荒开始启程！

也正像妙瓜老师在书里所说：我们这批知青如今已经迈过了"知天命"之年的门槛，历史既然让我们经历了社会实践的磨炼和考验，也必将把承前启后的历史责任落在我们这一代人肩上，为了中华的腾飞，为了早日实现中华民族伟大复兴的中国梦，我们自信，无论在哪个岗位上我们都会不遗余力，不忘初心，砥砺前行。

岁月悠悠，红尘往事如风，那些无数个青葱缥缈的日子这样过去了，岁月在我们的心灵里刻下了无数道皱纹，但《青春富锦》花开四季，永远会留给后辈子孙珍贵的财富！

文学创作的收获与感想

我所著的《那一片遥远的山林》一书，出版发行后得到了广大读者的赞扬，好评如潮，不断收到很多读者的微信和电话，向我表示祝贺。

很多读者都是含着泪水在读这本书，去回忆我们特殊的那个年代里所发生的真实故事。书里所提到葛晓兰大姐的往事，她一边看一边情不自禁流着泪水，她一个人购买了120多本，要送给他的亲戚朋友留有永久的珍藏。

一些爷爷、奶奶、姥姥、姥爷，购书后，把书中的故事讲给自己的孙子们听，孩子们似懂非懂地听得十分津津有味，并一个劲儿地缠着老人，让他们继续往下讲。

因为特殊原因，发往黑龙江黑河的书，无法邮寄过去，一些战友和荒二代，都在努力地用电脑下载，从网页上一页一页地转发过去。我原来生活在红色边疆农场黑土地的战友，老职工和荒二代，他们就订购了300多本书，一些人很直白地告诉我："这一本书可比吃一斤肉值多了，因为书里讲的全是咱们老一辈人，当年所经历所发生的真实故事。如果没有这些知青爷爷奶奶，知青叔叔们的艰苦奋斗所做出的贡献，我们不可能有今天富足的北大仓。"

一位原生活在五师嫩江兵团的一个战友连续几次购买了二百多本书，送给帮助照顾他原连队的老乡，他含着泪水告诉我："这些老乡就是我的再生父母，没有他们也就没有我的今天，我虽然用了一个月的退休金来买书，我认为这是非常值得的一件事，因为这是留给后辈子孙最宝贵的财富，让他们记住这段特殊的历史，这段风霜雨雪的那一片遥远的山林中所发生的真实故事……"

一位原北大荒建三江的兵团战友，发微信告诉我："今年十月份是我们下乡整五十二周年，是黑土地艰难困苦的蹉跎岁月，给我们铸就了人生，这本书里的故事就是我们心中的故事，我要在聚会那天每人送给他们一本珍贵的礼物《那一片遥远的山林》一书。"

还有一个刚参加工作的荒三代名叫李钢，他的爷爷、奶奶、爸爸、妈妈都是开垦荒原的缔造者，看完这本书后，他把刚发的一个月的工资全购买了书。他说："里面的故事太真实感人了，我的爷爷奶奶看后都止不住地流下泪水，爷爷奶奶对我说，我非常相信这本书里讲的都是真人真事，北大荒那些酸甜苦辣的日子，永远铭刻在我们的心里，这种感情的深度是没到过北大荒的人，是永远无法体验到的。"

很多唐山籍内蒙古兵团的战友们，望着这本书的封面：在那个特殊的年代，苦涩的青春年华里，我们奋战在红河胶林，内蒙古草原，黄土高原，白山黑水……感慨非常。他们人人抢着购买此书，任秉舜战友在唐山公园组织举办了这本书的座谈会，很多战友泪流满面地谈道："今天当我们捧起这本厚重的《那一片遥远的山林》一书，回忆那久远的年代，仍然清晰如昨天那样历历在目，当年的风和雨，悲与壮，血以泪，思与情，是我们这一代人永远说不完的话题。那一段难忘的日子，苦闷与欢乐同行，失望与憧憬同在，迷茫与忍耐同在，那是我们一段精彩纷呈跌宕起伏的人生，也留下了我们成长的底蕴。"座谈会后，任秉舜代表战友们的一片诚心，把《那一片遥远的山林》一书赠送给了唐山市图书馆永久地保存收藏。

山东济宁汶上县，是我出生的小村庄。那里有我的父老乡亲，有我永远割舍不掉的故乡情。乡土、乡音、乡情是我永远魂牵梦绕的思绪。

在这个山东济宁市一所老年大学中，一些现在古稀之年的老人，不断充实自己，活到老学到老，这些老人纷纷购书，并在书的空页中写道：看了这本书，使我们更了解了当年知青的岁月，那是共和国一段绕不开的历史，《那一片遥远的山林》一书，真实地记录了这段历史中的片段，它并非只是对逝去青春的祭奠，也是给我们的后人留下一点精神财富和启迪。作为我们当今的老年人，更要秉烛之明，老骥伏枥，生命不息，奋斗不止，莫道桑榆晚，为霞尚满天！看了这些古稀之年老人购书后的留言，我心里万分感动。

我很早就离开了那个生我养我的小山村，在不足 16 岁那年，我响应了"知识青年上山下乡"的宏伟计划，我作为知青亿万青年中的一员，义无反顾地登上了北去的列车，奔赴了北大荒。

当颠簸的列车戛然而止的那一刻，我才意识到自己来到了这一片广袤荒无人烟的黑土地上。这里有一眼望不到边的白桦林，有成片成片未开垦的荒地……虽然这里生活条件十分艰苦，但是我用顽强的意志和信念在这里一待就是九年有余。九年的风雨沧桑，九年的寒霜雪夜，九年的卧薪尝胆，九年的汗水泪水，这一切的一切，最终沉淀成我心中最美的回忆。

后来，我离开了那片心中向往的黑土地，离开了那一片遥远的山林，但当年白山黑水的画面仍然历历在目。经过内心的反复波动酝酿，我用了六年时间用手中的笔把这段难忘的知青岁月写成书，于是，《那一片遥远的山林》终于问世，那是我用泪水凝聚而成的那一片遥远山林中的故事。

在 11 月，我的家乡举办了孔孟之乡第 58 届沙龙座谈会，济宁市的一些领导还有我原生活在汶上县的党委书记，都出席了这次座谈会。我下乡北大荒红色边疆农场的、原我一个连队的战友和济宁发改委的办公室主任张开柱，在这次会上把我著的《一片遥远的山林》一书，隆重地赠送给了我的家乡父老乡亲们。

今天，我们家乡人民生活的条件越来越好，实现中国梦的目标也越来越近。但是我始终没有忘记自己的家乡，没有忘记故乡的那一草一木，一山一水，为了答谢我的父老乡亲，回报桑梓故里，我把《那片遥远的山林》一书，无偿赠送给了我的家乡人民，借此，不忘血浓于水我的故乡！不忘我的挚亲父辈！还有那善良、纯朴、勤劳的故乡人！

愿我故乡亲人们，从这本书中汲取知识营养，把这笔丰厚的精神食粮化作今后建设小康幸福，新农村的无穷动力！愿今后我的家乡山东济宁市，变得更加美丽宜居！人民的生活日新月异，蒸蒸日上，济宁市的美好，乡亲们的朴实，永远在我的心中荡漾……

在我售书的那些日子里，我的心潮一直在腾涌，每天都被很多读者的热情踊跃购书所深深感动。他就像大海泛起层层的波浪，使我的眼里总是浸满了泪花。人生是洁白如画的纸，我们则是人生道路的远足者，读者的一片爱心让我从心灵中感到震撼，它就像春风吹拂冰封已久融化的小溪，汩汩流入我的心田，在当今物欲横流的尘垢中，他更像顽强闪烁的一块钻石那么瑰丽闪光。

在此我由衷地感谢我的家人，我的朋友，感谢青年作家网总编汪家弘老师，感谢青年作家网的每位文友，一直以来对我的支持、帮助和激励，使我沿着文学创作的路不断向前，不忘初心，砥砺前行！

《岁月之歌》奏响生活的乐

期盼中收到《岁月之歌》一书，便迫不及待地打开阅读，闻着淡淡的墨香，我的心潮起伏荡漾。一幅幅诗文中的美好画面展现在眼前，春天的杨柳依依，山花烂漫，夏天的姹紫嫣红，碧水清波，秋天的硕果累累，遍地金黄，冬天的雪花飞舞，银装素裹。我在这本书的诗里《走进春天》就是我用生命与激情在泼墨挥洒着人生的喜怒哀乐。

去感恩流逝的岁月，那些醉人的歌谣，漫过清笺的时光，为短暂的生命留下不朽的歌声，令我眷恋与深深回味。

《岁月之歌》这本厚重之书，我仿佛看到你的基因里组合着万山峻岭的风景，你的脉管里澎湃着风华正茂的激情，《岁月之歌》这就是我们自己的写生，这就是我们给你的命名，你用拥抱星辰大海的胸怀，扬帆起航的豪迈，向世人娓娓道来，讲述着一个个迷茫的黄昏和憧憬的黎明。

捧起《岁月之歌》这本激荡我心怀的书，它如同一股清泉清而甘甜，如同一片云彩，洁白而纯净，像一缕阳光灿烂而明亮，因为那里书写的每篇文章，都洋溢着生命的光彩，交织成了一条条纵横交错的河流，使我们感悟到了人间处处充满着大爱。

手捧《岁月之歌》怀着梦想，使我豪情激荡，踌躇满志。激励我在崭新的新时代去腾飞去拼搏，去采撷文明的烛光，去绘制我们生命的多彩，不忘初心，砥砺前行，去将《岁月之歌》我们的故事演绎得更加辉煌！

宝剑锋从磨砺出　梅花香自苦寒来

——读汪鑫的《宝庆传奇》

　　第一时间收到青年作家网汪鑫总编的赠书，我翻开目录，阅读了第一章至第六章的主要内容介绍，喜悦之情溢于言表，由于对历史传奇的偏爱，对书中家国河山英雄栩栩如生的描述，我废寝忘食，一鼓作气阅读完了全书，不禁拍案叫绝，这是青年才俊汪鑫老师继《徽州魂》之后，又一部关于战争和侠义题材的长篇小说，不愧为十年磨一剑。

　　《宝庆传奇》主要讲述，康熙年间，吴三桂起兵反叛朝廷，连克数省，但兵至宝庆时，遭遇当地军民的顽强抵抗，少年英雄汪铁锤出于维护百姓安宁，先后破获朝廷军饷黄金被劫案，潜入叛军大营刺杀叛军统帅吴三桂；勇闯危机四伏八角寨，夺取破阵秘籍，大破叛军的八卦阵；为"围魏救赵"，挑战各路高手，募集兵力，攻打叛军大营衡州，解救岳北之围；决战世外高手，突破重重堵截，把军事机密顺利送达广东清军大营，使湖广清军及时按计划对叛军进行大反攻，最终协助朝廷平定叛军，还一方百姓安宁的故事。

　　宝庆，指今湖南省邵阳市，春秋末期楚国大夫白善在此筑城，称白公城，属楚地，设置昭陵，唐设邵州，宋称宝庆，民国改为邵阳，是一座已有2500余年的历史古城。宝庆府城高池厚，三面环水，一面靠山，外有资江环绕，内有邵水穿城，易守难攻。康熙年间，吴三桂起兵反叛，率数十万大军围攻宝庆，数年未克；太平天国时期，石达开率领兵马数十万围攻三个多月也奈何不了，宝庆城池坚不可破，堪称"铁打的宝庆府"。"宝古佬"是世人对宝庆人的特殊称谓，他们淳朴正直、情义如山、精诚团结、勤劳智慧、勇于拼搏、敢为人先……

　　一方水土养一方人，汪鑫，又名汪家弘，出生于湖南邵阳，现居北京，他先后在出版社和报社从事编辑、策划和运营管理工作，现为青年作家网总编辑，作者不忘初心，使命担当，潜心致力于历史人物、历史事件、地域文化和姓氏文化的研究与创作，作品有长篇历史小说《徽州魂之建吴称王》《徽州魄之率土归唐》、都市小说《合羽恋》、武侠小说《吴王令》等，历史是人类生存、繁衍、发展的进程，是人们思想、活动、创造的轨迹，前者是指历史本身，后者是指历史书籍。不管从本质还是从存录而言，历史都是人的历史。而传奇又是对历史人物和历史事件的进一步发掘和想象，加之多元化和地缘的特殊性，发展和突破的空间很大，所以，历史，往往又是各个时期、各个事件、各个人物的多元化的历史。作者以历史唯物主义的角度，以典型人物和典型事件作为创作契机和手段，挖掘了以人为中心讲述历史事件和历史传奇非常恰当的描写方法，这是对历史的熟知，对历史事件和典型人物、典型环境的进一步发挥和借鉴，使人物刻画自然、生动、活灵活现，作者通过以小见大的独特视角，塑造了汪铁锤、汪二爷（汪天锡）、傲雪、曾青溪等栩栩如生、有血有肉的人物形象，给读者深刻而独特的心灵震撼。

"国家兴亡，匹夫有责"。这是古人的豪气，也是中国人的正气，这就是今天我们说的爱国主义精神。当代中国，正需要有这种豪气，这种正气，这种爱国主义精神！汪鑫老师的《宝庆传奇》在这方面会让读者有所感悟和深受更多的启发。

赠书我的乡梓故里——济宁

山东济宁汶上县是我出生的小村庄。那里有我的父老乡亲，有我永远割舍不掉的故乡情。乡土、乡音、乡情是我永远魂牵梦绕的思绪。

我很早就离开了那个生我养我的小山村，在十六岁那年我响应了"知识青年上山下乡"的宏伟计划，我作为亿万知青中的一员，义无反顾地登上北去的列车，奔赴了北大荒。

当颠簸的列车戛然而止的那一刻，我才意识到自己来到了这片广袤荒无人烟的黑土地上。这里有一眼望无边的白桦林，有成片成片还未开垦的荒地……虽然这里生活条件十分艰苦，但是我用顽强的意志和信念在这里一待就是九年有余。九年的风雨沧桑，九年的风花雪月，九年的卧薪尝胆，九年的欢声笑语，这一切的一切，最终沉淀成我心中最美的回忆。

后来，我离开了那片心中向往的黑土地，离开那片遥远的山林，但当年白山黑水的画卷仍然历历在目。经过内心的反复波动酝酿，我用了 6 年时间用手中的笔把这段难忘的知青岁月写成书，于是，《那一片遥远的山林》终于问世，那是我用泪水凝聚而成那一片遥远的山林。

今天，我们家乡人民生活的条件与日俱增，实现中国梦的目标也越来越近。但是我始终没有忘记自己的家乡，没有忘记故乡的那一草一木，一山一水，为了答谢我的父老乡亲，回报桑梓故里，我把《那一片遥远的山林》一书，无偿赠送给了我的家乡人民，借此，不忘血浓于水我的故乡！不忘我的挚亲父辈！还有那善良、纯朴、勤劳的故乡人！

愿我故乡亲人们，从这本书中汲取知识营养，把这笔丰厚的精神食粮化作今后建设小康幸福，新农村的无穷动力！愿今后我的家乡济宁变得更加美丽宜居！人民的生活日新月异，蒸蒸日上，济宁市的美好，乡亲们的朴实，永远在我的心中荡漾……

留给后辈子孙的宝贵财富

《那一片遥远的山林》一书，是我用泪水和汗水用了 6 年时间把它完成，从北大荒返城以后我一直在努力的创作，去写我们知青真实的故事，心中的故事，因为那是我们用泪水，汗水血水所凝成。

我们共有的那段知青岁月，是我永远挥之不去的记忆。那段风霜雨雪的经历，是我们一生中最宝贵的财富，也是我们文学创作取之不尽、用之不竭的源泉。让我们能够通过创作回忆我们那段激情燃烧的岁月，回忆我们经历过的清苦与贫瘠，创伤和痛苦，爱恋与遗憾，更是让我们回忆我们荒诞不经的青春与人生。知青文学，之所以能打动人心，就是因为真实。每一个泣血的故事都不是杜撰出来的，每一篇记录知青生活的文章都是含着泪花完成的。

当年我们热血沸腾，激情满怀地踏上了那片贫瘠荒芜的土地。我们爬冰卧雪，与天斗与地斗。我们在十六七岁，尚是青春懵懂的年纪，就已饱尝了人间所有的艰辛。当苦难横亘在我们的面前时，我们除了勇敢地去面对已无别的选择。

北大荒黑土地是我的第二故乡，见证了我的成长，我的青春岁月。往事历历在目，仿佛就在昨天，那么清晰，那么痛彻心扉！当年的风和雨，悲与壮，血和泪，思与情，那一段特殊的经历，那十年的沧桑岁月，都是我们永远说不完的话题。毕竟人生最宝贵的青春年华留在了那个地方。北大荒恶劣的环境，在我们每个人的心灵和肉体上都烙下了刻骨铭心的痕迹……知青是一个特有的名词，我们也是一个特定的群体，我们有着共同的人生经历，共同的语言，共同的命运。正如在 2000 多年前，孟子曾说过："天降大任于斯，人也必先苦其心志，劳其筋骨饿其体月夫，空乏其身。"上山下乡的经历也磨炼了我们的意志，真正也使我们广大知青不怕苦和挫折。虽然几十年过去了，人生的很多往事如同过眼云烟，但唯有那段短暂的记忆是我们漫长的知青经历。让我们在践行的岁月中时时珍藏于心中，知青的经历是苦涩的，但却是宝贵的。我们回忆知青的岁月，不是为了歌颂那段历史，而是要给经历了那段青春岁月，古稀之年的我们一个倾诉。在十佳作品的每一个故事中，都能折射出当年我们那个特殊时代的印记，令我们回忆和思索。虽然那个时代已经久远了，但那段甜酸苦辣的日子，在我们这一代人的心里永远不会淡漠，我们承载了太多的岁月沧桑，经历了太多太多，步入今天老年的我们渐渐地也被淡出了彼此的世界。尽管岁月荏苒，但在我们记忆的长河中不会干涸，因为这段特殊的生活为我们知青的历史留下了可贵的评说。滚滚向前的车轮留下了那些道道车辙，牵着我们的思念，连着我们无尽的思绪，知青岁月的生活永远刻进我们的心田。

那年我们十六七岁，幼稚，单纯。我们青葱的岁月永远留在了苍茫的土地上。我们这一代人见证了共和国的发展、复兴与繁荣。

往事不堪回首，那些湿漉漉的记忆永远留在了黑土地，黄土地，红土地。当年，祖国的穷乡僻壤中留有1700多万的知青的身影与足迹，它将永远镌刻在我们共和国的史册上！我相信历史不会忘记我们这一代知青的贡献，今天我们创作回忆知青诠释那段蹉跎岁月，那也是我们知青今天的财富。让我们不忘初心，砥砺前行，用我们晚年的时光写好知青的文章，让《那一片遥远的山林》中的故事，永远留给我们后辈子孙永久的财富！

诗歌篇

辑一　岁月的礼赞

今天是你的生日 我的祖国

每每提起祖国二字，

心中似潮水般激情澎湃！感慨万千！

我为祖国五千年的文明文化而骄傲！

更为祖国那四大发明——

造纸术、印刷术、指南针、火药，而钦佩！

黄山、庐山、雁荡山

东岳泰山、西岳华山、南岳衡山、北岳恒山、中岳嵩山

三山五岳横亘华夏，

绵延千里，气势磅礴，蔚为壮观！

长江、黄河，更是波涛滚滚，

浊浪排空，一泻千里，气韵豪迈！

红日 照耀着天安门，

阳光下的国徽金光闪烁！

五星红旗迎风飘动，

我的祖国 波澜壮阔！

我要以美好的诗句赞颂你，

表达我心中对祖国的热爱和敬仰！

你战胜无数艰难困苦，

在风风雨雨中壮大成长，

走上了中国特色社会主义的大道！

改革开放谱写了新的篇章，

经济实力、综合国力稳步提升，

人民生活富足踏上了小康！

今天是你的生日，我的祖国！

一九四九年十月一日，

北京天安门广场那充满磁性且熟悉的湘音：

"中华人民共和国成立了！"

让整个世界为之震惊！

亿万国人为之欢欣鼓舞！

今天是你的生日，我的祖国！

百年的屈辱铭记在心，

百年的奋斗催人奋进，

百年的沧桑刻骨铭心，

百年的辉煌扬眉吐气！

今天是你的生日，我的祖国！

中华人民共和国的万代江山，

曾经有多少英雄豪杰为之流血牺牲，肝脑涂地！

今天是你的生日，我的祖国！

你从一穷二白的经济面貌中起航，

向着伟大的共产主义事业一路披荆斩棘，潮头勇立！

从十一届三中全会的胜利召开，

到改革开放的春风吹遍神州大地！

中国的经济发展开始迈步快车道！

从第一颗原子弹的爆炸成功，

到科技杂交水稻的成功问世！

我的祖国犹如一条凌驾腾空的巨龙，叱咤风云、呼风唤雨！

今天是你的生日，我的祖国！

从三个代表到建设富强、民主、美丽、和谐的社会！

从 5G 科技到蛟龙探海，

从电子天眼到歼击机、轰炸机、无人机！

祖国的航天技术犹如芝麻开花节节高，

百花齐放、日新月异！

今天是你的生日，我的祖国！

在迈步新征程、奋战新时代的今天，我们的成绩依然斐然乐观：

新农村小康建设扎实稳步推进！

社会治安状况呈现一片和谐的氛围！

国防、军事实力日臻完善！

教育、养老、医疗卫生事业更加深入民心！

今天的中国比以往任何时候更加出彩！

今天的中国比以往任何时候更加腾飞！

在祖国华诞之际，

这是我献给您最高的礼仪！

在祖国华诞之际，

请允许我深深地为您鞠躬并衷心地祝福：

"伟大的祖国，祝您生日快乐！

我永远爱您！

鲜艳的五星红旗，永远高高飘扬在十四亿国人的心中！"

愿祖国的明天更加美好！

愿祖国的明天更加辉煌！

北大荒之秋

夏天不知不觉在我的梦里

留下了绚丽多彩的痕迹

翠绿的叶子变成了墨绿色

如火的酷热还未走远

早晚却有了丝丝的凉意

这个时节 情感上不知该将它

归拢到夏还是秋

天边的云依旧是闲适的 悠然的

可尽管如此

还是在不经意间

有了秋的韵律

这个时节天空是那样的清澈

仿佛上一刻还牵绊的心

这一刻也清明干净 不染一丝尘俗

此时北国初显美丽的秋意

眺望那眷恋的远方

北大荒秋景尽收眼底

丰收景象满是处处洋溢

金黄的玉米饱满充实

滚圆的大豆带着笑意

沉甸甸的谷穗笑弯了腰

诱人的水果赤橙黄绿

美丽的北大荒啊

北国之秋令人称奇

那里留下了我青春的足迹

多少次的回眸

多少次的梦幻

多少刻骨铭心的往事

多少难以忘怀的回忆

回味金秋的北大荒

数控机械收获丰收的果实

新农村的英姿格外亮丽

辛劳的人啊

将大自然的鬼斧神工

融进了稻田画里

沧桑巨变改天换地

美丽的北大荒啊

你是那么令人陶醉

你是那么美丽无比

勤劳智慧的人奋发有为

北大荒的面貌日新月异

春看百花秋望月

丰收在望传笑语

多想回到那里看秋景

多想回到那里再相聚

金秋如画精彩纷呈的锦绣

金秋如歌奏响美好的旋律

今天的北大荒之秋充满诗情画意
明天的北大荒之秋更加宏伟壮丽

九月再见 十月你好

金秋十月，天高气爽

和风宜人、满眼秋光

金秋遍野、瓜果飘香

年年秋相似

月月花不同

朝朝有喜事

暮暮美梦萦

好一幅美丽的秋韵秋景

好一帧壮美华丽的长卷

我以我笔写秋天

我以我情抒秋意

我以长空作底色

我以大地赋诗篇

十月的天空美丽深蓝而悠远

十月的大地丰收壮美而壮观

十月的小河秋波微颤而动人

十月的庄稼硕果累累而盈眼

十月的秋风飒爽瑟瑟而宜人

十月的歌声优美润心而醉人

日月如梭、时光飞转

不知不觉又是一个跨世新时代

时不我待、只争朝夕

奋发有为、开拓创新

用生活最原始最本真的原浆

去赋写人生之路希望的蓝图和明天

珍惜时光、珍惜岁月

山河壮美、日月流长

不忘初心、牢记使命

用满腔饱满的激情去拥抱一个美丽怡人的十月

路在自己的脚下

走过去就是另一片光明

致友人

时光匆匆，秋意渐浓，
在这个感性的季节里，
不禁遥问远方的朋友，一切都好吧？
天微凉，记得添加衣裳。

在岁月风霜的浸染里，
我们都已改变了昔日的模样，
神采飞扬的笑脸，
已被风尘涂满了无尽的沧桑，
而那些陪伴一程，入了心的人，
怎能说忘就忘。

蓦然回首，
有过多少的欢声笑语，
有过多少的鼓励和支持，
依然铭记心间，
有过多少开心的时刻，
发生过多少有趣的故事，
依然浮现眼前。

最遗憾的是，
时间的流逝或许已经走散，
可回想起那些感动的瞬间，
一刹那，

你们仿佛又回到了我的身边，

不曾走远。

夕阳老人

九月重阳，异乡曾识千里土；

青山外，秋风起，分外凉爽；

远处夕阳未落山，黄中泛红，倍显温暖；

夕阳之美，是沉静之美；

虽已近黄昏，山依旧是山；

残阳依旧美丽。

脱略小时辈，结交皆老苍；

景如此人亦如此；

天边黄色褪去，如血的夕阳，怒放而灿烂；

映在大地上，讲述着那些辉煌的岁月。

人世浮沉几经轮转；

眼界开阔了，

最美不过夕阳红。

几十年经历太多；

往事成了最宝贵的经验；

什么事在他们的眼中都有解决办法；

长大了的你，还记得常常回家吗？

路途再远，总有一盏灯为你点亮；

世界再大，总有一扇门为你敞开；

这就是父母，我们的爸妈；

给你生命、陪你成长；

送你远行、盼你回家；

在这个浓情爱意的重阳节里；

别让你的孝心缺席！

教师颂

无人知道，

三尺讲台一支粉笔，

承载了多少人的青春，

改变了多少人的命运，

从走上讲台的那一刻；

披星戴月殚精竭虑，

德智育人桃李满园。

九月芳菲，

教师节临近，

请接受亿万学子的问候，

老师，节日快乐!

老师，辛苦了!

您燃烧自己的青春；

却照亮了我们；

前进的方向；

是您在知识的海洋中给我们指引；

是您顶着风雨，守护我们成长；

是您教会我们认认真真做事；

是您给我们无限的前途和希望；

您的教导让我们认识世界；

使我们的明天繁花似锦。

人们总是用"蜡烛"来形容您；

因为你照亮了别人；

燃烧了自己；

人们总是用"春蚕"来比喻您；

因为春蚕到死丝方尽；

无怨无悔。

育人十几年的光阴里；

用青春谱写的华章中；

挥洒着赤诚和热忱；

育人，树人；

没有谁，比你更懂得；

成才的艰辛；

育人，树人；

从科技兴国，到民族复兴；

没有谁，能比您更看重；

华夏文明的传承；

人民教师，

您燃烧了自己；

为的是将光明带给人间。

清明泪

不知不觉间

又是一年清明

又到清明　又见清明

一年轮回光阴逝去无穷

于春时　应是

万物复苏一片欣欣貌

可此时节总让人生出悲伤

生死是两种极端

正好也是一生的两端

啼哭中新生　恸哭中离去

大抵生死最难逾越

清明

一个古老的词语

纷纷碎雨落　生人欲断魂

清明

一个代表生机的词语

瓜豆应时点　收获看来时

清明

一个听到总想走走的词语

梨花风起后　踏春半出城

清明

一个满是愁思的词语

原因无他话　人心自然愁

人生如梦

柔情何去何从

一生相遇 一次别离

该如何追忆

都在此时成了完美

傍晚的天气依旧寒冷

日落余晖 阴沉下来了

漫步在清明时令下

对岁月的追忆

对往事的感叹

对过往的敬畏

在此刻涌入心中

一个人在世事的琢磨下

容易变成另一种模样

守住本心吧

让我们和以前想要改变

但又无能为力的过往

做个分割

生生死死的演绎

多少现实与过去

交织着碰撞着

昼与夜在时针分针间

不停地轮转

成为生活中不可或缺的希望

成为生命中思念的力量

直至添上一丝苍凉

彻底地遗忘

又见端午艾草香

青绿色的粽叶

释放出淡淡的

沁人心脾的清香

汨罗江畔

依旧流传着动人的传说

龙舟 百舸争流

无数的男儿划动着

千年的祈愿

一个亘古不变的人物

一个世代延续的传统

共同汇聚成一个美丽的名字

——端午节

又是一年端午节

又是一年粽子香

作家王蒙说

端午是一粒粒梦想的糯米包裹成一枚坚实的粽子

粽叶包裹成粽子

浸透着爱心

含括着真情

烘托着思念

更书写着缱绻的乡愁

复水后青青的粽叶

飘逸在初夏

原始的香气

仿佛穿越岁月而来

带着厚重的文化的味道

并时刻提醒着我们

勇敢前行　自信前行

愿我们在端午节

都有一份浓浓的家国情怀

愿我们在端午节

都有一颗感恩的大爱红心

愿我们在端午节

都有一股不惧艰难险阻

勇往直前的劲头

愿我们每个人自端午节始

永远都无愧地做一个

有血性、有爱心

且充满正义感的

龙的子孙

萋萋芳草

园中的一株小草
用手去轻轻地触摸
婴儿皮肤般细腻
一丝丝温凉在掌心滑过
若干纤小的生命韵律
传递到心
不由得让人不心中感叹
如此细弱的植物
竟然有这样顽强的生命
硬生生地率先回应春风
唤起桃红柳绿
引来蜂飞蝶舞
使大地
春光明媚

小草你把生命过成一首诗
在春的笺上书写着心事
风雨为你铺承意境
阳光赋予你勃勃生机
你一次次舞蹈着证明自己
总是在天明后擦干泪滴
秋来时你拼命摇曳
尽力抗争
那不属于你的天气

最终你被剥夺所有绿意
那残留的根成了你的唯一
还有那淘气乱飞的籽

成熟的你身形挺立
回味雨雪风霜的日子
那定格的笑谁也无法改变
一如既往地在岁月中坚持
被收割似乎是你的宿命
而你却从不抱怨
我还可以羽化成袅袅炊烟
那是你这一季最后的浪漫

萋萋芳草　明年再显春意

父 亲

一幅油画
曾深深触动过我的心
那是一幅很普通的油画
简洁的背景
一位憨厚的农民老爹
一双黑黑的手
捧着一个粗糙的陶瓷大碗
老爹沧桑的脸上满是皱纹
那对看似浑浊的目光中
透着刚毅与坚强
老爹沉静而古朴的面庞
泛着古铜色的光泽

没有任何点缀的画面
却深深地打动了我
每每看到这幅画
我便会想起我那祖祖辈辈生活在
鲁西南贫困土地上的父老乡亲
想起我的父亲

父母给予我们生命
历尽艰辛养育我们
教育我们怎样做一个正直的人
他们将一生的爱都给了子女

子女就是他们的全部
他们是这个世界上对子女最无私的人
是唯一一个无条件为子女付出的人

母爱似河
能够包容一切
父爱如山
永远是子女的靠山
父亲走了多年
每每想起父亲
仿佛看到父亲严肃而又慈祥的面孔
仿佛听到父亲低沉而温和的教诲声
父亲虽死犹生，
父亲的教导关爱批评呵护
时时萦绕耳旁
父亲啊
来生还做您的儿子

月光耀师魂

壬寅八月喜事多

中秋教师节重合

丹桂飘香月光影

师魂忠心献祖国

每每月圆日游子思故乡

我的思念就像天上的月亮

最明 最圆 最亮

华灯初上

万家灯火中充斥着抹不去的乡愁

无论山多高

无论海多宽

烟火乡愁

天涯海角都能看见

圆月如明镜般徐徐爬上中天

照亮了故乡的村庄

也照在了父母和游子的心坎上

父母那双深切期盼的眼神

诉说着中秋夜万家团圆的一片衷肠

如洗的月光也照亮了每个学校

老师的师德师魂似皎洁的月光般畅亮

当月光与烛光重合

变成了一束束熠熠生辉的火种

点亮孩子们人生之路

您是滴滴汨汨的甘泉

献身教育为人师表

桃李满天下

烛光灼师魂

国家的富强民族的希望

始终离不开教育事业的茁壮成长

如今我们已成千树万树

纷纷成为含苞待放的模样

愿我们在团圆之日不忘师恩

望我们报答父母更要回敬老师

愿故乡的月儿更圆月光更亮

愿祖国的教育事业蒸蒸日上

犹如中秋的月光般

又圆又亮

沙滩美景悟人生

八月之初，虽已立秋

但盛夏的酷暑还未完全消退

滚滚热浪依旧会不时地侵袭而来

消暑避热的念头在心中逐渐浓烈

海水、沙滩、踏浪、游泳

划船、放歌、摸鱼、捉虾

一幅幅美图在眼前浮现

想想 便让人心驰神往

我驱车北上去了东戴河的山海同湾

舟车的劳顿，让我美美睡了一觉

翌日那一轮红日跃出海平面

徐徐升起

满天的红光酷似火烧云一般

汹涌的潮水伴着咆哮的波涛

一下、两下不断地拍击着海岸

激起的水花

好似给美丽的海岸线披上了迷人的霓裳

天上有往来飞舞的海鸥

近海有不断梭游的船只

犹如一幅动感十足的画卷挂在我眼前

如此美妙

如此神奇

勾起了我的万丈遐思

傍晚迎着略带咸味的海风

缓缓地踏着潮水的浪花

不经意地捡拾着贝壳和柔软的水草

摸着小螃蟹和奇形怪状的鹅卵石

欢快的心情随着夏风一起飘扬

我奔向大海伸展双臂

用满腔的激情把海神之女拥抱

我大声高歌欢呼

让自己的声波与万里时空对话

我用手中的笔记录下这里的一切美好

让纤纤文字在这里生香生情

我用一颗心与海水相贴相吸

让沧桑的灵魂在这里升华腾飞

生活处处有美景

人生时时有幸福

坎坷和风雨常常相伴

真理和真挚才是我们的向往和追求

与风浪搏击

与海浪相拥

与日月风华对话

在潮起潮涌之时感悟最真实的人生

最美不过夕阳红

九月重阳，异乡曾识千里土；

青山外，秋风起，分外凉爽；

远处夕阳未落山，黄中泛红，倍显温暖；

夕阳之美，是沉静之美；

虽已近黄昏，山依旧是山；

残阳依旧美丽。

脱略小时辈，结交皆老苍；

景如此人亦如此；

天边黄色褪去，如血的夕阳，怒放而灿烂；

映在大地上，讲述着那些辉煌的岁月。

人世浮沉几经轮转；

眼界开阔了，

最美不过夕阳红。

几十年经历太多；

往事成了最宝贵的经验；

什么事在他们的眼中都有解决办法；

长大了的你，还记得常常回家吗？

路途再远，总有一盏灯为你点亮；

世界再大，总有一扇门为你敞开；

这就是父母，我们的爸妈；

给你生命、陪你成长；

送你远行、盼你回家；

在这个浓情爱意的重阳节里，

别让你的孝心缺席！

山海同湾的初夏

初夏时节的绥中大地

生机盎然海阔天蓝花艳

山海同湾的初夏

正如它的名字一样清新脱俗、超然爽朗

当娇艳的紫丁香

展露出它那妩媚的身姿

羞涩地敞开宽广的襟怀

当翠绿色的青草铺满了大地

诉说着漫长无期的等待

当北归的紫燕呢喃在旧居的海边

山海同湾初夏的热情

才溢满心扉踏歌而来

面对同湾路旁繁花盛开的山楂树

我的心也随着大海一样激情荡漾

当海边的青柳曼枝梳理着

它那婀娜多姿的秀发

啁啾翻飞紫燕的剪裁它的期待

当古榆虬枝缀满了晚樱的枝头

低头不语却将痴情和爱意掩埋

当大海的波涛

唤醒沉睡已久的碣石湾

我用灵感泼墨去绘写大海无限的风采

拾起那枝满含大爱温暖的笔啊

写下了你生命的厚重与高远

读不懂的始终是我那初衷不变的语言

让我无数次在初夏的意境里徘徊

那用心谱写成的曲调

让浓浓的乡音唱响大海躁动的舞台

你就是那株艳丽的紫丁香花

在初夏的风景里披上了霞光般的色彩

虔诚的目光不再移动

因为它连同我的思想

诗酒融合颂

人生如歌

传唱着不朽的传奇

人生如酒

品味着四季的酸甜苦辣

人生如书

书写着沧桑的历史

人生如诗

泼墨着精华和厚重

酒的刚烈与浓度需要善饮者品味

诗的句美和词臻需要用灵魂去挥就

诗与酒的高度融合是人生最高的境界

诗与酒只有融入生活才有自己的灵性

善饮者与酒为友

善诗者与词为伍

善歌者与音同频

善谋者与智同行

人生之路不可能一帆风顺

生活方舟总会在迎风拍浪中前行

把握好人生的度需要长久的自修

掌握好饮酒的量需要心神的淡定

不必拘于条条框框

不必在一条道路上走到底

懂得变通和拐弯

牢记道义和情理

人生之路必将坦途光明

生活方舟必将一路劈波斩浪铿锵远行

自己的人生自己演

自己的学识自己有

自己的酒量自己添

自己的诗路自己究

一路的人生须昂首

一路的坎坷当风流

一路的豪饮终不醉

一路的诗歌竞自由

诗与酒是纵飞的双翼

酒与诗是浪漫的行走

对酒当歌人生需诗意

人生诗意美酒解千愁

酒歌诗章共人生

唯愿此生辉煌留

行走在时光中

钟摆周而复始地摇摆

每次循回都是重来

早已熟悉了的报时声

伴我走进了新时代

清晨钟声的浅吟低唱

总能唤起我激情昂扬

夜晚钟声的浑厚回荡

忆起心底的曾经过往

春娇夏翠，秋盛冬藏

四季轮回周而复始的时光

柳丝飘荡，鲜花怒放

转瞬之间

大豆摇铃遍地金黄

伴随收获的微笑

雪花落在肩膀

放眼望去

千里冰封，万里雪飘

天地一色，美不胜收

晶莹的冰凌花

初春的迎春花

盛夏的娇艳花

严冬的飞雪花

满载收获的光荣花

那是如金的好时光

天涯归来，两鬓终斑白
时光易老，心仍如朝阳
把那林中的风
山涧的雨
屋檐霜雪
小桥溪水
有滋有味的欣赏
我将心灵融进四季
我将思想刻进空间
挥毫泼墨
吟诗作赋
回忆往昔蹉跎岁月
书写今朝激情满怀
时间胜过黄金宝贵
不负人生美好时光

永远不变的故乡情

时间如沙漏般顿逝

故乡是那优美的画卷

始终镌刻在我的心间

今生行程走过了千万里

永远忘不了回家的路段

云游五湖四海万水千山

永远忘不了父老乡亲的情缘

天下的美食纵有万万千

永远忘不了母亲熬粥的香甜

穿金戴银我不稀罕

只有穿母亲纳的鞋踏实矫健

故乡的一草一木

故乡的一砖一瓦

故乡的一山一水

故乡的一田一屋

故乡的一街一路

故乡的一坡一坎

故乡的一歌一曲

令我浮想联翩

令我终生眷念

故乡是我生长的摇篮

故乡是我的梦绕魂牵

故乡是我的忠魂所在
故乡是我的人生起点

游子长思念故乡
岁月长河思起源
把对故乡的眷恋
深情地心间拥抱
用华章写下美好的回忆
用锦绣绘制壮美的画卷
我朝思暮想可爱的故乡啊
对你的深情一辈子不会变

辑二　自然的歌吟

走进谷雨

四月是最美的时节
时间慢慢走过清明
空气被冲刷得分外干净
天地之间最美的风景
就是此刻——谷雨天

春天的诗歌春天的故事
此时冬的霜雪已经远去无踪
春雨淋洗枝条
慢慢地绿色充了满眼
让人们的心情也跟着明快起来
天空与绿地
从未有过如此的明净
树木庄稼也有着说不出的空灵
让人感觉生活在迷人的诗与画中

花儿吐艳柳枝婀娜
峰峦叠翠处处芳菲浸染
谷雨春光晓
山川黛色青
又是一年谷雨至
又是一年别春时
时节当春下
好雨至农家

侧听蓑笠翁

头顶谷粒响

在这暮春时节

愿我们

没有匆忙的岁月

只有闲适的时光

追求自己的喜好

向往自己的向往

愿我们

放下生活的微凉

拥抱七彩的阳光

愿我们在即将穿隙而过的谷雨时节

留下最真最美的印迹

山行见月

夜深沉

群星闪烁那一轮明月

好似把漆黑的夜撕碎

斑驳的 细碎的 不同区块

连成了一片

我缓慢地走在路上

看着两旁的杨柳

一轮明月为大地洒下银辉

枝条在风的吹拂下摆动

嗖嗖声伴着不知名的虫响

我缓慢地行走没有发出一丝声响

仿佛融进了美好大自然之中

不知过了多久

亦不知走了多久

只见两旁的杨柳越发稀疏

前方凸起的山石成了我最好的选择

一块完美的歇脚处

不假思索地歇息

是为了一鼓作气地下山

突然我的眼睛捕捉到一束冷光

白的发亮亮中又透露着微微的黄色

这是冷光中夹杂着暖意

我抬头望去

恰好月出山头

圆　润　明亮

好似李白口中的"玉盘"

可观赏它的人却早已过了不识它的年岁

此刻

我的心中早已有了一幅水墨画

画中没有任何技巧

只用简单的几道皴和大片白描的手法

画里岁月的年轮与风尘中的诗意

愈发地旷远清淡

画外的风景和此时的山月

只有我一人独享

我愿将这中秋美景存入记忆

附带上我的思念与牵绊

汇给远方的人啊

但愿人长久千里共婵娟

七月流火

七月是一个激情四溢的月份
七月是一个流火炎炎的月份
七月是莘莘学子千军万马的会战之月
七月是百年党庆最难忘的月份

至今记忆犹新
当年南湖红船
那镰刀与斧头的交汇对接
让中国革命从这里启航扬帆
至今记忆犹新
当年井冈山熊熊烈火
让革命的火种
又一次蓬发爆燃
至今记忆犹新
腊子口火力猛
泸定桥铁索寒
娄山关夺险隘
大渡河畔凯歌旋

至今记忆犹新
爬雪山过草地的红军们
如天的斗志与雄心展现
三大战役革命的呐喊
两弹一星让中国人民扬眉吐气辟地开天

流火的七月

当年革命的旗帜永远高高飘扬

流火的七月

火一般的激情再次挥染

流火的七月

工人、农民、商人、学生、军人

各条战线佳绩再添捷报频传

流火的七月

新时代中国经济腾飞的蓝图已经绘制完成

铭记于每一个国人心间

让我们在七月里继续沿着革命的道路努力拼搏

让我们在七月里继续踏着先辈的足迹勇往直前

让我们在七月里继续唱响中国腾飞之梦的赞歌

让我们在七月里继续书写新时代的巨作鸿篇

落日余晖

最美不过夕阳红

是对你最完美的称颂

日落西山彩霞满天

是对你最真切的讴歌

没有不落的太阳，没有永远的霞光

是对你顺应天时最合理的写照

落日余晖浸染天边

是对你无声的描绘与吟咏

人们常将行将暮年的老者称作落日

老吾老以及人之老

幼吾幼以及人之幼

老骥伏枥，志在千里

烈士暮年，壮心不已

有一分热发一分光

让暮年不虚度

让余生不荒废

老来志不改

人老心年少

我欣赏落日余晖的如诗如画

我倾慕像落日一样的有志老人

我喜欢落日染红天边的那抹壮丽

我讴歌在落日余晖下

仍然为生活而全力奔跑的人们

好景需要人们用真情描绘

好年华应该加倍珍惜、奋发有为

莫等人老心有余而力不足

莫等人老眼无光而气不够

莫等人老皱纹满脸而叹昔日容颜

莫等人老华发染遍而心生悲

让我们在即将步入暮年之前

就运筹帷幄、决胜千里

让我们在即将步入暮年之前

就心胸开阔、一切看开

让我们在步入暮年之时

依然心劲不减、继续奋斗

让我们在步入暮年之时

依然笑看人生、潇洒自在

像璀璨的夕阳余晖

活出自己人生百年最精彩的状态

秋

盛夏落幕金秋又至

秋花含香纷吐芳蕊

每逢秋天来临

飒爽宜人的秋风

总是让人茅塞顿开

辽阔蔚蓝的天空晴明如洗

一叶知秋

枯萎发黄的树叶将秋的标签展示

天凉好个秋

丰收有盼头

秋风飒爽南雁北回

秋水长天芦花飘飞

鲈鱼正肥泥鳅翻滚

硕果累累粮满仓

我欣赏初秋的那一抹淡淡的美

我喜欢中秋的月圆饼香万家团圆

我体会末秋的寒霜如洗似月光皎洁

初秋如幼童幼苗正是拔节向上的爆发

中秋如少女俊男始终洋溢着朝气蓬勃的无穷魅力

晚秋如夕阳落日把冷霜和清凉挥洒

珍惜光阴切莫辜负金秋的丰收和美好

让梦想在秋天放飞

让蓝图在秋天织锦

一分汗水收获一份幸福

站在秋天的起跑线上把秋之梦放飞

让我们惜秋如金继续书写明天的辉煌

让我们爱秋如宝继续实现小康生活之美梦

让我们怜秋如玉继续抒发心中的乡愁

让我们赏秋如画继续绘制前程锦绣

秋　韵

草白了叶黄了枫红了

天高了雁飞了秋来了

喜欢秋雨后清凉的感觉

微风轻柔，凉凉的，静静的

草坪上还留有淡淡的清香

身处秋季，天地厚重，无限畅快。

秋天，夏荷少了几分艳丽

多了一些寂寞

她顽强地迎着秋风秋雨

送走余夏

她沉默不语

静待凋零

秋天，演绎着生命的斑斓

万物日渐饱满成熟

瓜果飘香硕果累累

大豆摇铃玉米金黄

时光在秋天里仍旧骄傲地流淌着

生命与情怀

亦感殷实而丰厚

秋
万物的存在
即将迎来新的使命
无论起落
自身其风骨

秋
季节的路口
身处岁末
轮回将至
一切将会重生

写　秋

秋
收获成熟
彰显厚重之美
放眼远眺
五彩斑斓的山峦如画
山间溪水清澈见底
鱼儿游来游去
犹如一幅美丽的山水画卷

秋
橙黄橘绿缀满枝头
串串葡萄晶莹剔透
瓜果梨桃香甜如蜜
豆荚摇铃棒子金黄

秋
天空高远湛蓝
清风清爽惬意
白云飘逸悠然
溪流欢畅清澈

秋
思念惆怅遐想
都说一叶知秋

一季热情

都被夏带上远走

我站在原地等秋

微凉中皱了皱眉头

其实我

留恋那个飞花流火的夏日，

轻抚着花瓣

嗅花香的感觉

想念那满塘的绿伞红荷

蜻蜓点水

鸳鸯成对

秋

乃人生之秋

成熟豁达，宽厚无私

鹤发童颜鬓如霜

狂奔网络，激情放射

周游世界，遍猎海江

雕韵当歌，吟诗作赋

著书立传，传世流芳

繁荣盛世，颐养天年

追随秋的脚步

霜降莅临

美丽怡人的秋天即将与我们挥手告别

感触颇多，眷恋深深

追思秋光，感慨万千

寒露一朝露珠满

沁人心脾透骨寒

秋韵秋景如诗画

秋色渲染万里天

犹如少女般的初秋

从头到脚洋溢着青春的气息

犹如正午阳光的中秋

红红火火，如诗如画

犹如落日的晚秋

少了些许往日的光鲜和绿意

时光易逝

时间无限

无法留住秋天的大美

方可抓拍感悟秋光的烂漫

无法留住秋天的成熟

却可追随秋天的脚步一往无前

站在晚秋的十字路口我们思绪绵绵

不负光阴，不负韶华，抓住现在，珍惜眼前

品味秋天的韵味

如诗、如画、如痴如醉

欣赏秋天的大美

入心、入梦、入神、入仙

感悟秋天的气息

沁人心脾，撼人心动

留恋不舍，神韵无限

瑞雪兆丰年

立春后寒冬未逝春意盎然
首都北京一片欢腾喜庆
冬奥会成功举办
可谓是喜事连连
立春飞雪碎玉深邃
塞外陇上长城内外
黑白交杂斑驳陆离
好一派北国风光

燕山飞雪
片片是晶莹的世界
唯余莽莽
舞驰柳丝满人间
梅花怒放引风纳雪
片片吹落春风香
听喜鹊枝鸣报春来

歌舞喜事满京城
飞雪飘舞若银蛇
搅动河山春好色
漫山茫然浩无瀚
接引春气满乾坤
我欣赏飞雪的
唯余莽莽洋洋洒洒

我喜欢飞雪的

纵横狂舞如诗如画

我感念飞雪的

潇洒飘逸如神似仙

我感恩飞雪的

灌饮庄稼福兆丰年

冰雪的覆盖

为春种带来了雨雪的滋润

你看那千里沃野

冬小麦正头枕雪床醋饮甘霖

你看那千村万户

银装素裹好一幅风雪画卷

你看那山川河流

犹如镀了金铆了银

山河锦绣蔚为壮观

你看那农民兄弟布满皱纹的面庞

乐成了一朵花笑成了一股甜

瑞雪为冬小麦的丰收做好了铺垫

瑞雪让广袤的大地披上了洁白

瑞雪让思乡游子的心拉近了与故乡的距离

瑞雪让希望的春天不再遥远

好大的一场雪啊

好一个瑞雪兆丰年

春 风

春天来了

春风吹遍祖国大地春

天来了乘着

春风万物滋生春风

似春天的使者

使冰雪消融

大地复苏小草吐绿

春风似一把剪刀

把多少枝头绿叶裁勾

春风似一壶老酒

醉了世间多少人的心头

春风似一支彩笔

描绘出第一个季节的万紫千红

不需久候

春风，犹如父亲的谆谆教诲

将我人生的春天放飞

春风犹如母亲的窃窃私语

轻轻拂拭我心中的乡愁

春风吹遍了人间吹遍了神州

却吹不散远方游子乡思悠悠

春风犹如甘霖醍醐灌顶

引导我人生的每一个三岔路口

在不同的时节总在想你

如今啊春天来了

拂过美好相遇的春风柔柔

我想把所有春天的美好

都写进历史的扉页

我想将低调的春风

谱成岁月的歌曲

在春风里也许我不曾改变什么

而你的改变早已融进祖国的山川河流

我喜欢聆听春风的歌鸣

我喜欢春风抚慰人间万物深情

我喜欢春风的和畅宜人

我喜欢在春风里踏青旅游

我们欣慰改革春风遍吹神州

我们更喜欢在春风里唱响春天的故事

我们将踏着时代的春风

奋力开拓新时代的小康梦

我们愿踏着春风

扶摇直上鹏程万里翱翔宇宙

人间四月天

春天以最美丽的姿态

悄悄莅临人间

春风习习春光明媚

桃红柳绿春江水暖

田野里的小麦

在春雨的滋润下

油绿拔节生机盎然

草长莺飞鸟雀啁啾

布谷声声万紫千红

好一幅美丽的春之韵画卷

定格于天地间

农家人把辛勤的汗水挥洒

未雨绸缪精耕细作

已经完成春耕备播

莘莘学子挑灯夜读、勤学苦修

工人尽忠职守、加班加点

教师三尺讲台灌输思想知识

科学家废寝忘食勇攀科技高峰

人民军队厉兵秣马备战练兵

发展新格局

定位新蓝图

不忘初心、牢记使命

以踏石留痕的决心

为明天而奋斗

春光正艳

春心灼灼

春歌嘹亮

春梦绘就

前路漫漫仗剑在手

跃马扬鞭鹏程万里

站在四月春天的十字路口

让我们用虔诚的祝福为明天而祈祷

让我们用自己有力的臂膀

去拥抱一个更加美好的梦

我们始终相信只要努力

春天的梦想一定会实现

勇敢地走过去

彼岸又是一片人间仙境四月天

荷花吟

偶见户边池塘荷花盛开

故心生涟漪激情四溢

尤其是你那娇艳欲滴、亭亭玉立的模样

无不令文人墨客、才子佳人们汗颜倾慕

且为其赋诗撰歌

京畿之地的初夏六月

天高云淡、艳阳高照、流火炎炎、大地炙烤

吾之赏荷心情

亦如这流火炎炎的天气般高涨

徒步而上至一长方形池塘

岸边水草丰满、柳枝妖娆、蝉鸣声声、蜂蝶翻飞

阵阵夏风拂面而至

伴有丝丝凉意令吾心中诗兴大发

一方池塘立天地，蝉虫啁啾诗意浓。

独赏池中荷莲景，唯有红鱼戏荷梗。

放飞心情激情展，思绪绵绵意更悠。

身出淤泥而不染，品自高洁后人颂。

此时此刻，不禁让我想起了

北宋周敦颐的《爱莲说》

荷花清新脱俗、娇艳欲滴

荷花孤芳自赏、亭亭玉立

荷花芬芳绽放、清香四溢

荷花品洁高端、气质非凡

荷花，我爱你
爱你的品自高洁忍辱负重
荷花，我爱你
爱你的娇嫩欲滴清新脱俗
荷花，我爱你
爱你的清香四溢精神如炬
荷花，我爱你
爱你的如诗如画雅俗共赏

银杏树

未见你时，你的身姿总萦绕在我的梦中；

见到你时，就那一眼；

阳光变得不再夺目；

风不再吹动；

鸟儿也停止了吟唱；

静止了，一切都静止了；

消失了，一切都消失了；

天地之间只剩下你我亲切地对视。

银杏树，你是画家笔下最美的素描；

银杏树，你是摄影师相机下灵现的观感；

银杏树，你是诗人笔下最美的文字；

银杏树，你是游子心中最牵念的回忆；

银杏树啊！

你是那么的可爱；

春天莅临，你用萌芽挺拔的青绿装点着春色的神奇；

夏天光顾，烈日的执着彰显着你独特的个性；

秋色正浓，秋蝉大雁的嘶鸣更加烘托出你的站位；

冬雪飘飞，孑然一身了无牵挂向着太阳拔节微笑；

银杏树啊！人们将你植在地上；

你根深，你蒂固，你苍劲，你挺拔；

你用累累硕果彰显着秋天的收获；

银杏树呀！你根植在民族的心中；

你不屈，你不挠，你坚韧，你坚韧；

你用生命涂抹大地的颜色；

灵魂血脉在你身上流淌。

银杏树啊！

我欣赏你如扇形锯齿般的绿叶；

我倾慕你硕果累累奉献人们的无私；

我喜欢你那甜蜜润心的味道；

我想念你；

就如想念亲切的乡土；

还有那魂牵梦萦的故乡人。

丹桂飘香情满怀

金秋送爽丹桂香
佳木繁阴郁苍苍
硕果累累丰收景
桂花飘香情思长

回想那年九月去桂林旅游
满街的桂树花开似锦
一树花繁香飘万里
令人流连忘返心旷神怡

谁人不渴望金秋硕果累累粮满仓
谁人不渴望万家团圆生活幸福美满
谁人不渴望风调雨顺国泰民安
谁人不渴望美酒佳肴花好月圆

桂花的娇艳和芳香无花能及
月朗星灿的中秋之夜如此美好
吴刚献出桂花酒
香气四溢解千愁
嫦娥手心捧玉兔
眺望人间喜满楼

九月的乡愁如一幅画卷
一部电影时刻萦绕脑海

难忘桂林山水甲天下
更难忘故乡的中秋之夜
万家团圆品酒赏月
难忘故乡的九月
金秋遍野粮囤满仓

坐在桂花树下
看洁白的云朵飘过
听秋风吹拂耳畔
承载着生命的起伏
穿透岁月的优雅
漫漫在风尘里沉淀
难忘多情的九月
飘香的桂花
醉人的美酒
点缀着金色的秋天

小 草

秋风正劲时；

万物都在它的鞭笞下；

变了颜色；

可在花园的角落；

你还是一眼就能看到；

那颜色不一样的；

散发着它独特气味的小草；

小草无法与花儿争艳；

更无法与树木争高；

它甘愿做陪衬；

甘愿用自己的身躯；

装扮出花儿的艳丽；

凸显树木的高大；

他是一位幕后使者。

小草；

他是那么的不起眼；

却坚强地活在晚秋；

虽然人们很少谈论他；

但他也很满足了；

因为他早已下定决心；

默默无闻地奉献了；

奉献了已经没有缺憾了。

我不止一次地被他们所震撼；

不求美丽；

不求高大；

不求名誉；

默默无闻地奉献；

当四周枯黄他也要离去的时候；

杂乱而又有序地铺满大地；

做大地与冰雪之间的阻隔；

寒冷给了自己；

温暖给明年的春季。

枫 叶

枫叶，你把秋天渲染

枫叶，你把山川勾画

枫叶，你如诗歌般撼人魂魄

枫叶，你似红霞般炫耀天目

我曾欣赏过北京香山枫叶的美丽

也领略过家乡齐鲁平原枫林的壮观

我倾慕你那火红火红的模样

秋天酷似一位美丽的少女将你牵手

带你走进山间大地

领略秋天的美好与奇妙

秋风酷似一把利剑让你潇洒飘逸纷飞满天

秋雨沙沙犹如思乡游子的热泪敲打着你的身躯

秋光如炬将你周身光耀夺目璀璨

啊！火红的枫叶我爱你

爱你那如霞似火染红半边天

啊！美丽的枫叶我爱你

你那玲珑雕秀的模样乃上天安排

啊！醉人的枫叶我爱你

你如诗似画的韵味让每一位游客痴迷忘返

啊！漫山遍野的枫叶我爱你

爱你，正如爱我们那霜染华发的父母和每一位父老乡亲

菊花颂

秋意凉，菊花香，声声雨，萧萧风，晚秋美景撼心动。

千叶飘，万水情，念故人，思故乡，乡愁绵绵定心中。

提及菊花众人皆知

念及菊花勾人魂魄

书及菊花国色天香

画及菊花倾醉痴迷

歌及菊花荡气回肠

颂之菊花感慨万千

历尽人间烟火

览尽风霜雨雪

吮尽日月风华

绽尽千姿百态

文人墨客为之题诗赋序

画家游人为之运笔赞叹

圣人官贾为之品头论足

百姓诗人为之称颂泼墨

菊花凌风傲霜

菊花淡雅香溢

菊花亭亭玉立

菊花娇媚多姿

美艳的菊花如清纯美丽的少女

始终散发着淡淡的香气

多姿的菊花犹如厚重的诗书

扉页张张墨香似宝

妩媚的菊花犹如甜美的爱情

甜美润心暖心入肺

姹紫的菊花犹如醇厚的烈酒

争奇斗艳摄人魂魄

我喜欢春菊的娇嫩含蓄

我喜欢夏菊的热烈奔放

我喜欢秋菊的美艳动人

我喜欢冬菊的恬静淡然

我读过晋代陶渊明笔下的菊花

"采菊东篱下，悠然见南山。秋菊有佳色，更露摄其英。"

也品赏过唐代李商隐挥毫泼墨的壮美

"暗暗淡淡紫，融融冶冶黄。"

我吟过唐代白居易潇洒地勾勒

"满园花菊郁金黄，中有孤丛色似霜。"

更喜欢自己泼墨为菊花书写赞歌

"国色天香添佳韵，争奇斗艳独一品！"

心中最美丽的油画非人间菊花莫属！

今冬首雪莅京城

秋光遁远初冬莅临

在首都北京依然寒风刺骨的初冬时节

气温骤降，苍穹一片灰暗顿失往昔秋光的几分姿色

狂劲的北风携卷着怒吼的号子

将广袤大地的落叶席卷抛落

一种沁透心骨的寒凉不禁让人诧然惊奇

噢！下雪了，下雪了！

人们的惊呼声几乎是异口同声

抬头远望

京畿沃野一片苍茫

从首都城区到山海关万里长城

如鹅毛般的大雪从天而降

似天女散花、又似琼花欲放

马路上、树枝上、高楼大厦房顶上、电线杆上、绿化带上

还有那远近高低不同的各种绿树花草

全部被白雪笼罩，犹如穿上了一件洁白无瑕的盛装

顿增几分诗情画意，顿添几分国色天香

好一幅美丽的京畿雪景图

因为这是今冬第一场雪

因为正值初冬时节

无不勾起人们的无限遐思和抓拍留念

文人泼墨素笺留下最美的诗篇

平民百姓用手机摄像头定格成历史的永恒

他（她）们心中只有一个愿望

衷心祈愿物阜年丰、瑞雪兆丰年

白雪净化了环境

白雪为冬小麦盖上了越冬的棉被

白雪给大地山川增辉添色

白雪给亿万人民一个无限的惊喜

让我们迎着寒风、踏着飞雪，依然信心满怀

让我们观雪赏雪、抓拍最美的人间仙境

让我们战天斗地、绘制最完美的冬之韵画卷

让我们运筹帷幄、继续书写新时代的佳篇

梅花雪

身处冬季
寂静 寒冷成了常态
此时淡了秋的喧嚣
此刻散去夏的燥热
窗外寒梅三两枝
也无明月也无诗
犹忆梨花带飞雨
又是一年雪飘时

雪后一缕幽香
带我细嗅寻找
捕捉她的身影
远处一团暗红入眼
点缀着白茫茫的世界
分外妖娆
正因为这点点暗红
方让冬天充满生机

梅花雪
梅是雪的灵魂
雪是梅的寄托
梅与雪交织在一起
组成了浪漫的冬
雪是冬的精灵

梅是冬的使者

冬将雪与梅包容

凝成最美的丹青

一场雪

给冬天泼上云墨

织成了诗人词人笔中

只有梅花解我狂

来日倚窗前

寒梅著花未

雪里已知春信至

寒梅点缀琼枝腻

入世冷挑红雪去

离尘香割紫云来

荡气回肠的梅花雪

给冬天披上锦绣

谱成一首首浪漫梅花曲

我踏雪寻梅

渴望与梅相约

渴望与雪相约

渴望与冬相约

天地之中唯剩

梅的清芬与雪的素洁

在诉说冬的别样的美

春　花

清风徐徐

春阳和煦

此时春姑娘已经来到人间

春花是春的使者

迎春花、桃花、李花、杏花、梨花

春来百花开

春暖百花放

春花纷纷吐蕊

百花芳香四溢

春意美艳醉人

充满诗情画意

它们以不同色彩点缀春天

它们以不同气质书写春天

它们以不同韵味描绘春天

它们以不同含义彰显春天

春花犹如一位楚楚动人的少女

含情脉脉向我们走来

春花犹如一本厚重的史书

书写着岁月沧桑和风雨流年

春花犹如一壶浓郁的烈酒

美了岁月醉了流年

春花犹如一首春韵赞歌

气韵优雅婉转动听

我喜欢春花怒放的春天

因为它美艳动人

我喜欢春花烂漫的春天

因为它绚丽多姿

我喜欢春花厚重的春天

因为它千姿百态

我喜欢春花妩媚的春天

因为它美醉人生

朋友们　尽情享受春天吧

朋友们　尽情享受纷纷春花吧

将所有的诗意注入这

春花的世界

热爱你所热爱的一切

拥抱美好的明天

傲雪红梅报新春

冰雪遮盖着祖国的山河

你在冰原上舞动欢歌

你是冰雪的灵魂

给这银装素裹的大地增添暖色

你不畏严寒不惧寂寞

迎着寒风绽放

伴着白雪起落

你用妩媚的娇颜

在白茫茫的天地中风姿绰约

寂寞的夜

白雪覆盖下的红梅更显本色

暗香幽幽传来

在寒风与空旷中

竟似铁马金戈

在百花凋零的时候

唯你独放

傲视霜雪朔风

你的俏是冬日独有的特色

万籁俱静又不夺取雪的美景

与雪配合辉映冬奥会的成功

寒雪梅中尽，春风柳上归

李白的诗把你写透了

你盛开在

最冷的节令

点缀的是生气全无的寒冬

你在风雪中傲立着

又给冬画上句号

红梅傲雪

去做春天的使者

花开四季

每一个人都渴望四季平安吉祥如意
每一棵树都期望四季长常绿荫常存
山河希冀宏图壮美国色天香
鲜花盼望四季常开青春永驻

我欣赏鲜花的色彩绚丽夺人眼眸
我赞叹花儿把自己
最美的一面展示人间
我倾慕人间青年男女
如花似玉般甜美的爱情
我更期望好花常开
美好的爱情永驻

谁人不希望生活一帆风顺
谁人不渴望爱情甜蜜幸福万年
纵然世间万物
都必须遵循自己的生存法则
仍愿与时共生、应运而生、厚积薄发、葳蕤壮观

其实花开四季是人们想象和向往
即使没有四季常青的树
也没有四季不败的鲜花
没有一生完美无缺的爱情
只有心到、意到、领悟到了

一样以不变应万变

以残缺谱神奇

思想的顿悟与解放

才是一个人真正成熟的时刻

站在新世纪之交的十字路口

让我们继续解放思想、实事求是

不卑不亢、心向阳光

让我们向绿树和鲜花学习

学习它们不畏环境如何变迁

仍然能够向着太阳挺拔生长

让我们脚踏困难、拳头紧攥

苦练内功、打好人生最完美的组合拳

爱情路上只要

心怀希望和美好

爱情之树终会常青万年

爱情之花亦会常开不败

我们完全相信:

百花四季怒放之时

正是我们国家百年小康梦腾飞之际

在新世纪的今天

让我们继续讲好

春天的爱情的故事

写好花开四季的佳篇

夏天的夜空

夏天的夜空是我记忆深处

最美的乡愁画卷

夏天的夜空是

动美与静美最完美的对接与糅合

夏天的夜空曾经勾起人们

心中最感念的那根神经

夏天的夜空犹如一部

人们饭后茶余纳凉的乡愁巨著

我喜欢在夜深人静的时候

慢慢欣赏夏天的夜景

我喜欢在月黑风高的气氛中

去捕捉灵感的触角

我喜欢看那夏天夜空中

眨着眼睛的闪烁群星

我喜欢看那风雨雷电中

叱咤风云的夏之夜空

铿锵的蝉鸣为你鸣金收兵

优美的蟋蟀低中音

更似那撼人魂魄的潺潺溪流

浓密的云朵与你窃窃私语

划过天际的那一抹流星

为你标注了无限神情

我站在故乡打麦场的麦秸垛上

伸手可摘星星

我坐在村口的杨树桩上

仿佛看见牛郎与织女最感人的互动

我骑在牛背上静静倾听

那动人的夏之韵勾魂曲

我手摇蒲扇嘴咬煎饼心儿

却飞到了九霄云外的苍穹

我爱你，夏天的夜空

爱你的美丽与神奇

我爱你，夏天的夜空

爱你和我一起在村口打麦场的相守

我爱你，夏天的夜空

爱你那博大的胸襟浩瀚的肚量

我爱你，夏天的夜空

爱你把昨天的乡愁记忆

载入夜之魂的经典巨著中

雨　吟

雨

似无数条斜线

从万仞高空垂下

敲击土地

滋润万物

她将自己化成春机

在大地上

浇灌生命的足迹

叶片上晶莹剔透的水珠

是雨的知己

盯着水珠一直看

刹那间

天地融为一体

花花世界 芸芸众生

折射在其中

车马不息

河流湍急

喧闹的人群

上演着勃勃生机

雨是一首精美的古诗

演绎着平仄韵律

轻盈飘逸

雨是一支经典的老歌

起伏悠扬

响彻天际

滴答 滴答

构成别致的风景

滴答 滴答

敲出动人的旋律

雨声化作温婉的歌谣

伴着你

欣赏美景

倾诉心语

你是我心中永远奔腾的海

世界上最宽广最深远的是海洋
世界上最风情最浪漫的
是携挚友赏景踏浪
世界上最澎湃最激昂的风景
是千米浪花迎风飞扬
世界上最动听最扣人心弦的声音
——是大海的呐喊和热情奔放

大海的胸怀包容宇宙
大海的波涛歌唱着永久
大海的浪花绽放着太阳的衣袖
大海的能量推动着地球
潮起潮落是大海呼吸的胸口
拍打礁石是大海心跳的节奏
水能载舟是大海厚德载物的优秀
金色的闪光是大海绚丽的温柔

平静幽深是大海沉睡时无声的表白
浪花飞溅是大海最优美动作的彰显
推波助澜鱼翔浅底
讴歌了你最动人的一面

千帆竞舸渔海泛舟是
大海心中最美的画卷

容纳一切是大海永恒的秉性

包容一切是大海无声的豪迈

碣石湾是五千年文明的万古千秋

九门口长城

承载着五千年历史文化的过去和未来

那尘封秦皇汉武的祭海行宫

记载着徐福求仙不老的历史

孟姜女投海殉情的动人故事

在一代代中华儿女的口中传流

石油宝藏的合理开发与挖掘

是恢复领先世界的追求

鱼雷浅艇的深海探秘

是中华民族伟大复兴的蹴就

航母战斧即将叱咤风云爆发的那一刻

是东方巨龙腾飞辉耀九州的时候

大海，我爱你

爱你的博大胸襟和厚德载物

大海，我爱你

爱你的激情澎湃辽阔和蔚蓝

大海，我爱你

爱你的渔舟唱晚和千舸竞帆

大海，我爱你

爱你的石油无穷、宝藏无限

大海，我爱你

你是我心中最美的画卷

大海，我爱你

你是我笔下最撼人心扉的诗篇

后 记

不经历风雨，怎能见彩虹。我酷爱文学，几十年来我坚持写作，在各报纸杂志上已发表了近1000多篇文章，多篇文章在全国征文大赛中获得奖项。我知道要想永远拥抱星辰大海，就必须不惧困难扬起风帆。几年中我完成了第一部《那一片遥远的山林》和第二部书《梦中的白桦树》的创作，并先后在全国范围内出版发行。如今，第三部书《岁月的歌吟》也将与读者见面了。能够取得今天的成功，与我长期不懈的努力和不断追求是密不可分的。进入晚年的我，承载着对黑土地的热爱和眷恋、承载着历史的责任和使命、承载着上山下乡知识青年的嘱托和期待，也承载着文以载道的理想和信念，十多年的日日夜夜里，我克服了许多鲜为人知的困难和阻力，采访了许多亲人、战友、当事人，经受了各种悲欢离合的情感冲击，用自己的心血铸就了《岁月的歌吟》一书。

这本书里面有我对人类美好的期盼、对大自然的热爱、对伟大祖国的赞颂以及对日月星辰的感受，等等，所以说我觉得这本书非常值得读者一阅。它会带给我们对人生的一个启迪，会使我们更加珍惜现在的美好生活，心情愉悦地积极进取，可以宽阔我们的胸怀，从而完成自己的奋斗目标！

我深深地体会到文学创作的最高境界——就是它承载着社会和人生的使命感和责任感。文学之路，任重而道远，我最大的愿望就是用自己的亲身经历和真实感受去写一部优秀的文学作品，并获得世人的认可和喜爱。

在此，特别声明，为了创作需要，书中的人物均为化名，并对故事进行了艺术加工，如有雷同，纯属巧合。

韩湘生

2023 年 3 月 1 日